Benjamin, ich hab nichts anzuziehn

Ilse Gräfin von Bredow

Benjamin, ich hab nichts anzuziehn

Neue Weihnachtsgeschichten

Scherz

www.scherzverlag.de

Erste Auflage 2003

Lektorat: Hiltgunt Grabler

ISBN 3-502-11085-9

Inhalt

1 Keine Chance für Lola

Madeleine war ein typisches Kind der heutigen Zeit. Man konnte unmöglich Magda heißen, und die Karriere stand auch schon fest: Serienstar oder Topmodel. In beiden Berufen hatte sie sich bereits als Kleinkind bewährt. Zunächst konnten ihre Eltern sie in einem Katalog mit Strampelanzug bewundern und später in einem Werbespot, bei dem sie wieder und wieder mit anderen Kindern über eine Wiese tollte und zum Abschluss unter vielen Ahs und Ohs gierig ein Getränk in sich hineinschlürfte. Es musste ein furchtbares Gesöff gewesen sein, jedenfalls versetzte es die Kindermägen in solche Wut, dass die Mütter alle Hände voll zu tun hatten, ihre Sprösslinge zu beruhigen, die heulend im Gras herumstanden und spuckten. Im Branchenjargon kannte sie sich besser aus als in der Grammatik. Ihr Satz «Gib mich mal die Outdoor-Jacke» wurde viel belacht, und man speicherte ihn voller Rührung im Gedächtnis, um ihn gelegentlich bei Familienfeiern zum Besten zu geben. Auf die sorgfältige Zusammenstellung ihrer täglichen Garderobe verwendete Madeleine weit mehr Zeit als auf die Schularbeiten. Das endete meist mit dem Ausruf: «Ich hab nichts anzuziehn!», was die Mutter undankbar nannte, jedoch dem Vater ein schmunzelndes «Der Apfel fällt nicht weit vom Stamm» entlockte. Aber auch ihm ging sein geliebter Putzaffe auf die Nerven. Eben noch hatte sie ihn in Jeans und herzig besticktem Blüschen angebettelt, mit ihr einen Spaziergang zu machen, Minuten später, als er sich widerstrebend aus seinem Stuhl erhob und nach dem Hausschlüssel griff, erblickte er neben sich eine Art Nixe im gerüschten Badeanzug und mit irgendetwas ebenso Gerüschtem auf dem Kopf, die Lippen rot angemalt und die Wimpern getuscht. Und zu allem Überfluss lispelte dieses Wesen noch durch eine Zahnlücke: «Wie seh ich aus, Papi?» Die Reaktion fiel entsprechend aus. «Dir fehlt wohl eine Latte im Zaun!», rief der entsetzte Vater. Ihre Mundwinkel senkten sich bedenklich, und als er sich strikt weigerte, in diesem Aufzug mit ihr auf die Straße zu gehen, gab es ein lautes Gebrüll. Sein Versuch, ihren Zornesausbruch mit einem Klaps zu stoppen, schlug fehl. Dafür schloss sich ein elterliches Streitgespräch an über Sinn und Unsinn solcher pädagogischer Maßnahmen. «Ein Kind zu schlagen, das ist doch wohl das Letzte!», empörte sich die Mutter.

«Nun mach aber mal halblang», verteidigte sich der Vater, «ein Klaps ist kein Schlag», und er wies den Vorwurf, er werde womöglich das Kind auch noch schütteln, wo man doch immer wieder lesen konnte, wie gefährlich so etwas für ein kleines Gehirn war, weit von sich.

Das Für und Wider solcher Strafen ging hin und her, bis ihn Madeleine am Ärmel zupfte. «Papi», sagte sie ungeduldig, «nun komm doch endlich.» Er drehte sich zu ihr um und stellte fest, sie hatte sich zum dritten Mal auf wundersame Weise verwandelt. Sie trug jetzt einen großen Strohhut und darunter ihr giftgrünes Laura-Ashley-Kleid, ein Geschenk der Uralttante, von Vater nur der Familienrestbestand genannt, die nicht versäumt hatte, mehrfach darauf hinzuweisen, was dieser Fetzen für ein Sündengeld gekostet hatte und dass solche hohen Ausgaben für ein Kind eigentlich gegen jede gute Sitte verstießen.

Madeleines Vater tat einen tiefen Seufzer. «Na, dann wollen wir mal starten.» Angeekelt betrachtete er die schwarz lackierten Nägel seiner Tochter.

Neben ihrem Modefimmel hatte Madeleine auch noch eine Vorliebe für Affen. Sie bevölkerten als kleine und große Plüschtiere das Kinderzimmer und baumelten handgroß aus ihrem Schulranzen. Es gab sie als Poster und Buchstützen, und sie schmückten T-Shirts und Schlafanzug. Der Favorit war ein Äffchen mit gelocktem Fell, das ihre Lieblingspuppe Lola aus ihrem Bett verdrängt hatte. Sogar ihre Garderobe musste die arme Lola opfern. Nackt und bloß, nur notdürftig mit ein wenig Seidenpapier zugedeckt, war sie in einen Karton verbannt worden und kümmerte auf dem Kleiderschrank dahin. Das Äffchen hieß Benjamin nach dem Gartennachbarn, der es ihr geschenkt hatte. Durch ihn, den früheren Tierwärter bei den Affen im Zoo, war ihr Interesse an diesen Tieren geweckt worden. Er hatte sie häufig in den Zoo mitgenommen und ihr viel Wissenswertes über Affen beigebracht, die seiner Meinung nach ja sowieso halbe Menschen waren. Er war Witwer, seine Frau vor vielen Jahren bei einem Bombenangriff umgekommen. Als Madeleines Eltern in ihr Haus zogen, sprang Onkel Benjamin, wie Madeleine ihn nannte, oft als Retter in der Not ein, weil er sich als sehr geschickter Handwerker erwies und dem jungen, unerfahrenen Ehepaar häufig aus der Klemme half, egal, ob es sich um einen Rohrbruch, eine kaputte Lampe oder eine plötzlich ihren Geist aufgebende Waschmaschine handelte. Dazu entpuppte er sich als ein zuverlässiger, besonnener Babysitter, vor dem Madeleine mehr Respekt hatte als vor ihren Eltern und der es ihnen ermöglichte, sich ab und an von der zukünftigen Claudia Schiffer auszuruhen und einen Abend allein zu verbringen. Doch nun war er vor einem Jahr nach einem leichten Schlaganfall in ein nahe gelegenes Altersheim übergesiedelt, wo ihn Madeleine manchmal besuchte, vor allem, wenn sie sich über dies und jenes beklagen wollte, was meist mit dem Wort «dauernd» anfing. Dauernd musste sie Schularbeiten machen, dauernd Flöte üben, dauernd ihr Zimmer aufräumen. Onkel Benjamin äußerte sich selten zu ihren Klagen, sagte höchstens beruhigend «mmhh mmhh» oder «na na» und «irgendwas ist immer». Außerdem war da noch das

Fernsehen, das ihre Eltern ihr nur gelegentlich gewährten. Onkel Benjamin war da schon großzügiger.

Madeleine hatte längst begriffen, wenn man bei den Erwachsenen etwas erreichen wollte, war es ratsam, sie auch mal zu Worte kommen zu lassen und zuzuhören, wenn sie sich ihren Erinnerungen hingaben und dabei dauernd über völlig fremde Menschen sprachen, von denen man keine Ahnung hatte, was sie eigentlich mit allem zu tun hatten. Ganz anders dagegen Onkel Benjamin. Seine Erlebnisse als Affenwärter fand sie nach wie vor spannend, obwohl sie auch diese Geschichten fast auswendig kannte. Etwa die Episode von dem Schimpansen im Kinderwagen, dessen Mutter an einer Lungenentzündung gestorben war. Onkel Benjamin hatte das Affenbaby für die ersten Wochen mit nach Haus genommen. Manchmal war er sogar mit ihm im Kinderwagen spazieren gegangen. Freundliche Spaziergänger, die einen Blick hineinwarfen und fragten: «Junge oder Mädchen?», eilten mit dem erstickten Ausruf «Wie entsetzlich!» davon, ohne die Antwort abzuwarten. Ein andermal, als er einen der Affen durch den Tierpark führte, riss sich dieser von seiner Hand los, rannte hinter einem genüsslich an seinem Eis lutschenden Jungen her, und ruck, zuck war die Eiswaffel weg. «Das Geschrei hättest du hören sollen», sagte Onkel Benjamin dann jedes Mal, und Madeleine sagte verträumt: «Erzähl weiter.»

Noch kurz vor seinem Schlaganfall waren sie regelmäßig zu den Fütterungen gegangen, und er hatte sie oft ermahnt, nicht so herumzuzappeln. Aber Madeleine war nun mal ein quirliges Kind, bestärkt durch ihre Eltern, die anscheinend der Meinung waren, man müsse unbedingt auch das Sinnloseste mit Sinn erfüllen und keine Minute dieses Lebens ungenutzt verstreichen lassen. Ständig kam ihnen die Zeit abhanden, und Madeleines Mutter stöhnte: «Kind, mach zu, beeil dich! Wir haben schon so viel Zeit verloren durch dein Herumtrödeln.» Onkel Benjamin hingegen war ein ruhender Pol. Bei ihm gab es noch die Dämmerstunde, diese Licht sparende Sitte früherer Generationen, in der man zusammensaß, sich was erzählte oder einfach nur seinen Gedanken nachhing. Bei ihm hatte sie sich abgewöhnt, dauernd zu fragen: «Und was machen wir jetzt?»

Der regelmäßige Besuch eines kleinen Mädchens im Heim erregte allgemeine Aufmerksamkeit, zumal es sich jedes Mal in einer anderen Kleidung und in einer anderen Rolle präsentierte. Mal marschierte es keck in Jeans, eine Baseballmütze schwingend, die spiegelnden Flure entlang und winkte durch die offenen Türen den Bettlägerigen und den Alten in den Sitzecken zu, mal schritt es in feierlicher Pose in einer Art griechischem Gewand hoheitsvoll vorbei oder schlurfte mit hängenden Schultern, den Kopf gebeugt, dahin. Die Versuche der Alten, Madeleine mit Schokolade anzulocken, wurden von Onkel Benjamin sofort im Keim erstickt. Eifersüchtig wachte er darüber, dass ihm niemand dieses Kind wegnahm. Er erwartete sie deshalb, auf seinen Stock gestützt, bereits vor der Tür seines Zimmers und zog sie hastig hinein. Ihr Besuch begann jedes Mal damit, dass sie sich über die Schwester am Empfang beklagte, die sie durch ihre dicken Brillengläser misstrauisch musterte und brummte: «Wie siehst du denn heute wieder aus?»

Benjamin lachte. «Das ist Schwester Lisa, eine gute Seele. Im Grunde mag sie Kinder.»

«Mich bestimmt nicht», sagte Madeleine.

Sie sah ihm zu, wie er in seinem Schrank herumkramte, aus dem es stark nach Kampfer roch.

«Hier sind sie ja.» Er holte eine Blechdose hervor und stellte sie auf den Tisch. «Deine Lieblingskekse.» Madeleine war ein höfliches Kind und behielt für sich, dass diese nach Kampfer schmeckenden Kekse nicht gerade nach ihrem Geschmack waren.

In letzter Zeit verlief die Unterhaltung der beiden sehr einseitig. Onkel Benjamin sprach nur wenig und schlief immer häufiger mitten im Satz ein. Kein Grund für Madeleine, sich zu langweilen. Sie stellte den Fernseher an und zappte sich, von Onkel Benjamins sanftem Schnarchen begleitet, durch die ihr zu Hause nicht vergönnten Nachmittagsserien.

Wie alle Eltern stellten auch Madeleines Eltern dieses weit leuchtende Licht von Tochter nicht unter den Scheffel. Ihre liebevolle Betreuung eines alten, kranken Mannes konnte nicht oft genug erwähnt werden, was die zuhörenden Mütter dazu brachte, ebenfalls Wunderdinge über das soziale Verhalten ihrer Brut zu berichten. Ein Kind namens Susanne hatte sich hingesetzt und einen Leserbrief an die Zeitung geschrieben, worin sie in bewegenden

Worten die wachsende Brutalität auf dieser Welt beklagte. Der Brief, von der um Leserwirksamkeit bemühten Redaktion tatsächlich veröffentlicht, steckte nun, säuberlich ausgeschnitten, im Portemonnaie der Mutter. Ein anderes Mädchen hatte seiner kranken Großmutter eigenhändig einen Kuchen gebacken. Die Mutter musste lediglich die Zutaten bereitstellen, sie zu einem Teig zusammenrühren, den Backofen anstellen und die Form im Auge behalten. Die Schokoladenplätzchen, die den Kuchen zierten, hatte das Kind ganz allein hineingedrückt. Über Madeleines Anhänglichkeit an den alten Mann war man allerdings geteilter Meinung. Natürlich war es lobenswert, wenn Kinder sich um alte Menschen kümmerten. Andererseits war bei alten Männern aber auch eine gewisse Vorsicht geboten. Man las doch darüber oft sehr Unerfreuliches. Da konnten Madeleines Eltern nur lächeln. Ausgerechnet Onkel Benjamin, diese Seele von einem Menschen, zu verdächtigen, womöglich ein Lustmolch zu sein! Wirklich, geradezu absurd. Trotzdem blieb diese Bemerkung nicht ohne Wirkung. Sie brachte sie dazu, Madeleine ein bisschen auszuhorchen. «Nun erzähl doch mal, was ihr so alles treibt.»

Was sie zu hören bekamen, war sehr beruhigend. Benjamin und Madeleine hatten im Garten gesessen, einer Bettlägerigen hatte sie zwischendurch die Zeitung vorgelesen, mit einer Pflegerin geplaudert und dem Onkel beim Aufräumen geholfen. «Kein Fernsehen?», fragte die Mutter skeptisch. «Mami!», rief Madeleine empört, so, als hätte man ihr unterstellt, sie sei zu einem fremden Mann ins Auto gestiegen. Madeleines Mutter reagierte gelassen. «Ich frag ja nur», sagte sie, noch das vor ein paar Tagen erlauschte Gespräch zwischen dem Plüschaffen und ihrer Tochter im Ohr: «Werfen Sie die Waffen weg, und kommen Sie mit erhobenen Händen heraus», und eine halbe Stunde später: «Küss mich, küss mich, ich habe Schmetterlinge im Bauch», Sätze, die sie kaum im Elternhaus gehört haben konnte.

Wie sehr sie jedoch wirklich an dem Onkel hing, zeigte sich an einem Aufsatz über das Thema «Meine Lieblingstante oder mein Lieblingsonkel», in dem sie ein Porträt von ihm ablieferte, das der Klassenlehrer beeindruckt «anrührend» nannte und das ihr eine Eins einbrachte, was ihren Eltern wieder einmal bestätigte, dass ihre Tochter trotz ihres gelegentlichen Affengetues ein großes Herz hatte. Und so ertrugen sie von nun an auch mit einem gewissen Gleichmut, dass sie jedes Mal, wenn sie von dem schon ziemlich tauben Benjamin zurückkehrte, mit Trompetenstimme sprach und es eine Weile dauerte, bis sie wieder zur Zimmerlautstärke zurückfand.

Die Adventszeit nahte, und wie immer gab es für die meisten Mütter viel zu tun. Plätzchen mussten gebacken werden, ein Adventskranz war zu besorgen, Besuche auf dem Weihnachtsmarkt wurden obligatorisch, Kinderstiefel mussten auf Hochglanz gebracht werden, damit der Nikolaus sie nicht naserümpfend übersah. Auf dem Wochenmarkt erstand Madeleine einen klitzekleinen Adventskranz für Onkel Benjamin, der ihr besonders ins Auge gestochen hatte, weil er mit etwas Buntem, Perligem besprüht war.

Wegen einer starken Erkältung war sie länger nicht bei ihm gewesen. Umso mehr freute sie sich auf sein überraschtes Gesicht, wenn sie ihm den Kranz auf den Tisch stellen und die Kerzen anzünden würde. Ihre Vorfreude war allerdings mit Wut darüber gemischt, dass ihr die Lehrerin selbst die kleinste Rolle im Krippenspiel verweigert hatte. Mit der

Lehrerin im Geiste hadernd, hüpfte sie an der Rezeption vorbei und erschrak heftig, als die Schwester plötzlich herausgeschossen kam und sie am Arm festhielt.

«Ich hab nichts getan!», rief Madeleine.

«Getan?» Die Schwester wirkte irritiert. «Wieso getan? Ich muss über ganz was anderes mit dir reden.» Sie tippte mit dem Finger ganz vorsichtig auf den Adventskranz. «Wie hübsch. Den hast du sicher selbst ausgesucht. Aber dein Onkel kann sich nicht mehr darüber freuen. Dein Onkel hat uns ganz plötzlich verlassen.»

«Wo ist er denn hin?» Madeleine sah sie verwirrt an.

«Für immer eingeschlafen», sagte die Schwester. «Herzstillstand.»

«Er ist tot?», fragte Madeleine ungläubig.

Die Schwester nickte und zog Madeleine tröstend an sich. «Er war halt schon sehr alt, dein Onkel Benjamin.» Sie griff unter den Tresen und drückte ihr ein Päckchen in die Hand. «Das hab ich in seinem Nachttisch gefunden, mit deinem Namen drauf. Und nun gehst du besser nach Hause. Und nicht vor Weihnachten öffnen, steht extra drauf!», rief sie ihr nach. Madeleine nickte. Das Päckchen unter dem Arm, trottete sie mit gesenktem Kopf davon.

Zu Haus waren die Eltern wie meist ausgeflogen. Ihre Mutter war in einem Kurs über Bewusstsein durch Bewegung, ihr Vater in einem Seminar für Führungskräfte. Madeleine ging in ihr Zimmer, holte ihr Äffchen Benjamin aus dem Bett, setzte sich in ihren Schaukelstuhl und sah aus dem Fenster in das langsam verlöschende winterliche Abendrot, über dem eine einzelne plustrige Wolke segelte. So blieb sie sitzen, bis es dunkel war und nur noch die Straßenlaternen das Zimmer schwach erhellten.

Natürlich werde man zur Beerdigung gehen, darüber waren sich die Eltern völlig einig. So ein netter, hilfsbereiter Nachbar, das war einfach selbstverständlich. Am Beerdigungstag hatte allerdings der Vater dann doch einige Einwände. In der Firma war jetzt gerade in der Vorweihnachtszeit unheimlich viel zu tun. «Wenn ihr beide hingeht, genügt das doch», sagte er zu seiner Frau und handelte sich damit einen langen Vortrag über männliche Egozentrik ein. Madeleine bekam von dieser Diskussion nichts mit. Sie war in ihrem Zimmer ganz damit beschäftigt, den Affen Benjamin in ein schwarzes Taftband zu wickeln. Zufrieden betrachtete sie ihn zum Schluss in seiner Trauerkleidung. «Gut siehst du aus», sagte sie. Der Affe schien ihre Meinung nicht zu teilen. Hilfe suchend streckte er beide Arme nach oben. «Stell dich nicht an.» Madeleine drehte sie herunter.

Großen Andrang gab es bei der Beerdigung nicht. Fünf Trauernde folgten dem Sarg auf den Friedhof. Als Madeleine vor dem offenen Grab stand, griff sie nach Benjamin, der entsetzt versuchte, sich an einem Mantelknopf festzuhalten. Aber es nützte ihm nichts. Mit Schwung landete er auf dem Sarg.

In dieser Nacht verlangte es Madeleine dringend, bei ihren Eltern zu schlafen, ein Wunsch, der ihr, wenn auch seufzend, gewährt wurde. Die Puppe Lola wurde wieder aus ihrer Verbannung geholt und in ihre alten Rechte eingesetzt. Onkel Benjamins Päckchen lag auf dem Schreibtisch, und je näher der Heiligabend rückte, desto größer wurde die Versuchung, es doch schon mal auszupacken. Aber dann dachte sie an Onkel Benjamins mit krakeliger Schrift geschriebene Worte «Nicht vor Heiligabend öffnen». Und sie schob mit einem Seufzer das Geschenk in eine Schublade.

Mit Lola im Arm betrat sie am Heiligabend das Weihnachtszimmer. Die mit einem Samtkleid festlich herausgeputzte Puppe bekam einen Ehrenplatz auf dem Gabentisch, um all die schönen Sachen bewundern zu können. Aber obgleich die Eltern sich große Mühe gegeben hatten, die Wünsche ihrer Tochter zu erfüllen, sah Madeleine nur Onkel Benjamins Päckchen und konnte kaum abwarten, es zu öffnen. Neugierig sahen die Eltern ihr dabei zu. Zum Vorschein kam ein Plüschaffe, der ein Zwillingsbruder von Benjamin hätte sein können. Er war schon ein wenig vergilbt und hatte einen eher würdigen Ausdruck, war aber sonst noch recht gut in Schuss. Madeleine drückte ihn entzückt an ihre Brust. «Kuck mal!», rief ihr Vater. «Da, an seinem Rücken! Sieht aus wie ein Schlüssel.» Tatsächlich, der Affe war zum Aufziehen. Vorsichtig drehte Madeleine den Schlüssel, und aus dem Inneren des Äffchens tönte blechern der Uraltschlager «Benjamin, ich hab nichts anzuziehn».

«Na, so was», sagte der Vater und strich mitleidig der Puppe, die, auf einem Angorapullover sitzend, entgeistert den Affen anstierte, über ihr strohiges Haar. «Keine Chance für Lola.»

2 Geliebte Landplagen

Man war sich schnell einig. Diesmal wollten sie Weihnachten nicht mit ihren Familien, sondern miteinander verbringen, um sich mal gegenseitig so richtig ausklagen zu können. Grund dafür war ein gemeinsamer, fast gleichzeitig erlittener Schock – der Verlust des Führerscheins. Dieser Einschnitt in ihrer Lebensweise schweißte sie fast wieder so zusammen wie in ihrer Jugend der Liebeskummer, über den man sich mit den anderen unbedingt ausquatschen musste, wenn auch natürlich mit gebotener Vorsicht. Freundinnen waren nun mal gespaltene Wesen, einerseits durch Dick und Dünn Verschworene, andererseits Rivalinnen. Doch mit zunehmendem Alter verlagerte sich der Konkurrenzkampf mehr und mehr auf die Enkelkinder, von denen man gern Wunderdinge berichtete, sich gegenseitig Photos unter die Nase hielt oder drollige Geschichten erzählte. Die Ehemänner hatten sich längst verabschiedet. Sie waren nur noch als Bilder in edlen Silberrahmen gegenwärtig und alle drei in den jeweiligen Wohnzimmern vorhanden. Auf den Photos wirkten sie stattlicher, als sie leider am Ende ihres Lebens gewesen waren, wurden aber dafür immer und ewig mit dem Prädikat «der Gute» versehen, das man mit Rührung und Nachsicht verwendete. Im Nachhinein waren sie treu sorgende Familienväter gewesen, abgesehen von kleinen verzeihlichen Verirrungen und dem manchmal löwenhaften Herumgedröhne. Und alle drei hatten ihre Ehefrauen gut versorgt zurückgelassen.

Der irgendwann vorauszusehende, aber doch nicht so bald erwartete Verlust des Führerscheins, den man bei anderen Altersgenossinnen bisher ganz selbstverständlich fand – «Was für ein Theater, das ist nun mal der Lauf der Welt, damit muss man sich abfinden» –, war natürlich bei ihnen selbst etwas ganz anderes und hatte bei den dreien sehr unterschiedliche Gründe.

Nina, mit deren Augen es nicht mehr zum Besten stand und die schon seit geraumer Zeit nach der Devise fuhr: Mein Auto findet allein nach Haus, bekam den Schock vom Augenarzt versetzt. Er drehte sich nach der Verabschiedung noch einmal halb um und rief ihr über die Schulter zu: «Ehe ich es vergesse: So, wie es mit Ihren Augen bestellt ist, dürfen Sie auf keinen Fall mehr Auto fahren.»

Reni, deren Fahrstil mit zunehmendem Alter immer rasanter wurde, geriet während eines tollkühnen Überholmanövers in eine Radarfalle. Sie musste den Führerschein für einen Monat abgeben und danach für immer, so groß waren die Schnitzer, die sie sich bei der schriftlichen Nachprüfung leistete, worüber aber in der Familie taktvoll geschwiegen wurde.

Die Einzige, die dieses Papier freiwillig abgab, war Dagmar. Eine der Talkshows ihres Lieblingspfarrers, in der sehr viel von Vernunft und Einsicht im Alter, auch gerade hinsichtlich des Verzichts auf den Führerschein geredet wurde, verleitete sie dazu, und nun konnte sie nicht oft genug beteuern, was sie doch für eine Idiotin gewesen sei.

«Natürlich kommt ihr Heiligabend zu mir», sagte Nina in ihrer bestimmenden Art, wogegen beide Freundinnen nichts einzuwenden hatten, denn sie besaß ein hübsches Häuschen. Auch sonst hatte sie es im Leben gut getroffen. Ihr Mann war einer von der dienenden Sorte gewesen, eine Rolle, die sie hin und wieder ihren Freundinnen aufzudrängen versuchte, was ihr aber höchst selten gelang und dann auch nur bei der gutmütigen Dagmar, nicht bei Reni, der Abenteurerin, die in ihrer Sturm-und-Drang-Zeit nach dem Krieg vorübergehend als Dame ohne Unterleib, Dompteuse im Zirkus und Sennerin auf einer Alm gearbeitet hatte. Was sie aus dieser Zeit zum Besten gab, versetzte sogar die tranigsten Tischherrn, die ihr gern zudiktiert wurden, damit sie sie ein bisschen auf Trab brachte, in Erstaunen – «Was Sie nicht sagen, Sennerin auf einer Alm! Vieh gehütet und dabei in eine Felsspalte gestürzt? Ja, sogar von einem Stier angegriffen?» Deshalb versuchte es Nina erst gar nicht bei ihr. Dagmar ließ sich schon eher hin und wieder vor ihren Wagen spannen, vorausgesetzt, sie hatte Zeit. Denn Dagmar, der Gutmensch, war ständig damit beschäftigt, menschliches Strandgut aufzusammeln, was die Freundinnen oft zum Stöhnen brachte. So viel Nächstenliebe war doch einfach nicht normal. Wer wollte schon, wenn er es sich gerade mal so richtig gut schmecken ließ, dauernd von magersüchtigen Frauen, verwahrlosten Kindern, chronisch Kranken und anderen Hilfsbedürftigen hören, zu denen Dagmar, autolos, nun leider nicht mehr so schnell eilen konnte?

In den drei Familien der Freundinnen wurde ihr Weihnachtsplan geradezu begeistert aufgenommen – «Wirklich eine fabelhafte Idee! Macht es euch mal so richtig gemütlich!» –, was alle drei doch etwas seltsam, um nicht zu sagen kränkend fanden. Nicht etwa, dass das Verhältnis zwischen Jung und Alt schlecht gewesen wäre. Im Gegenteil, wenn es ums Einhüten, Schularbeitenbeaufsichtigen, Einkaufen, Anpumpen ging, waren sie höchst willkommen, allerdings, wie man sich untereinander eingestand, manchmal doch ziemliche Landplagen, wenn auch sehr geliebte. Starke Charaktere eben, wie es dieser Kriegsgeneration entsprach, und stur dazu.

Nina vor allem sorgte mit ihrem Temperament oft für unangenehme Überraschungen. An das letzte Weihnachtsfest dachte ihre etwas ätherische Schwiegertochter, die außer mit dem üblichen Festtagsrummel auch noch stark mit der anstrengenden Gemütsphase «Niemand kümmert sich um mich» ihrer eigenen Mutter beschäftigt war, mit Schaudern.

Ninas ältester Sohn besaß ein nettes kleines Anwesen in einem Stadtviertel, in dem «man» wohnte. Es zeichnete sich durch Statuen in den parkähnlichen Gärten, alten Baumbestand, hohe Hecken, Swimmingpools und Fahnenmasten aus, an denen, wie Nina verächtlich sagte, irgendein Lappen hochgezogen wurde, um anzuzeigen, dass der Hausherr zu Hause war, sowie edle Hunde, die auf Fingerschnipp den elektronischen Türöffner ins Maul nahmen und so die Taste betätigten, die Garage und Gitterpforte öffnete. Bevölkert wurde dieses exklusive Viertel von lauter kleinen Kaspar-Hauser-Kindern, denen es von A bis Z an guten Manieren fehlte. Die Ausnahme war natürlich Ninas kleiner Liebling, ihr jüngster Enkelsohn, der nie vergaß, einen tadellosen Diener zu machen, nie mit vollem Mund sprach und Marienkäfer sorglich beiseite brachte, statt sie mit Begeisterung platt zu treten. Dieses ungewöhnliche Kind geriet ausgerechnet am ersten Weihnachtstag in höchste Lebensgefahr, und, wie Nina mehrmals erzählte, es hätte nicht viel gefehlt, und es wäre in einen Engel verwandelt worden.

Die beiden Nachbarssöhne, durch und durch Lümmel, machten mit ihrem Herumgelärme nicht nur jeder Technoparty Konkurrenz, nein, sie benutzten Oliver auch gern als Zielscheibe und bewarfen ihn mit allem, was ihnen in die Hände kam. Der schon mehrfach von Ninas Schwiegertochter in höflicher Form vorgebrachte Wunsch, man möge es doch etwas leiser angehen lassen und bitte nicht ständig ihren Oliver hänseln, stieß auf völliges Unverständnis. «Kinder, die schreien, sind gesund», wurde sie von der Nachbarin belehrt, nachdem einer der Jungen die Schwiegertochter mit einem gebrüllten «Du Arschloch» begrüßt hatte. Schon das allein brachte Nina, als man ihr davon berichtete, in Rage. Ihr Sohn jedoch flehte sie an, sich zurückzuhalten. Schließlich sei der Nachbar eine berühmte Koryphäe im Universitätskrankenhaus, dem sich die Patienten nur mit niedergeschlagenen Augen und gesenkten Hauptes näherten. Man wisse ja nie, ob man nicht auch einmal in eine Situation gerate, in der man ihn gut gebrauchen könne. Nina erwies sich als völlig uneinsichtig. «Wenn ich das schon höre, Koryphäe! Kapazität! Man kann schließlich von einem Arzt dasselbe wie von einem Klempner erwarten, nämlich, dass er sein Handwerk versteht.»

Am ersten Feiertag drängte es Oliver in den

Garten, wo er sein neues Tretauto ausprobieren wollte. Während seine Eltern vorzogen, sich am Frühstückstisch noch gemütlich zu räkeln, war die Großmutter wie stets sofort bereit, den Wunsch ihres kleinen Lieblings zu erfüllen und ihm dabei zuzusehen. Der Junge war noch nicht ins Auto geklettert, da traf ihn etwas, was ihn erst ins Taumeln und kurz darauf in lautes Brüllen versetzte. Das Geschoss blieb vor Ninas Füßen liegen. Es war eine rohe Kartoffel. Als sie sich wieder aufrichtete und in die hämischen Gesichter der beiden Nachbarsjungen blickte, fackelte sie nicht lange und warf die Kartoffel mit aller Kraft und wohlgezielt zurück, woraufhin sich nunmehr im Nachbargarten ein lautes Gebrüll erhob und die Koryphäe nebst Gattin herbeigeeilt kam. Bei dem entstehenden Wortwechsel mit der nach Ninas Aussagen mindestens dreißig Jahre jüngeren Frau des Arztes gab sich der Professor selbst eher zurückhaltend. Das hitzige Wortgefecht endete mit der Aufforderung der Nachbarin, erst mal nachzuweisen, dass ihre Unschuldslämmer die Kartoffelwerfer seien, und der frechen Bemerkung: «Ich dachte, in dieser Gegend wohnen nur oberklassige Leute.»

«Stimmt», sagte Nina. «Seit zwei Jahren hat sich das leider sehr geändert.» Mit einem «Allmählich wird das ja hier die reinste Laubenkolonie» stampfte sie davon, während Sohn und Schwiegertochter vor der Haustür den Streit am Gartenzaun entsetzt verfolgten.

Inzwischen waren die Wogen längst geglättet, und beide Familien übten höflichen, wenn auch etwas distanzierten Umgang. Aus den halb wilden Jungen waren im Laufe des Jahres ganz nette Burschen geworden, und der Professor hatte sich alles in allem als ein recht bescheidener, umgänglicher Mann entpuppt, der gern bereit war, sich einmal mit Olivers «leichter Fußdeformität», wie er es ausdrückte – «Plattfüße» nannte es Nina –, zu befassen.

Renis Familie wiederum hatte mit der Großmutter andere Probleme. Mit zunehmendem Alter schien ihr jegliches Gefühl für passende Kleidung abzugehen. Am liebsten lief sie, wie ihre Freundinnen behaupteten, immer noch im Friedland-Look herum, wie er nach 1945, der Not gehorchend, im gleichnamigen Durchgangslager für Flüchtlinge üblich war: sackähnliche Hosen, ausgeleierte Pullover und knobelbecherartiges Schuhwerk. Aus dem Schmalreh, wie sie Ehemann Hans-Heinrich gern genannt hatte, war inzwischen eine stark raumverdrängende Person geworden, die immer den Eindruck machte, als käme sie gerade von schwerer Feldarbeit nach Haus. Aber Reni hasste nun mal den Kleiderkauf, dieses Rumgestehe in den Läden, die kritischen Blicke der Verkäuferinnen, die unaufgefordert nach der Größe 48 griffen, das lästige Anprobieren.

Doch es gab auch noch anderes, was die Tochter hasste, Renis Schauergeschichten zum Beispiel, die sie gern zum Heiligabend von sich gab, von explodierenden Weihnachtsbäumen, wobei das halbe Dach weggeflogen sei, von herumgeschwenkten Wunderkerzen, die ihrer Schwester zu einer schicken Brille verholfen hätten, vom Weihnachtsmann, der beim Geschenkeverteilen hinfiel und sich das Steißbein brach.

«Ich weiß nicht, was du hast», verteidigte sich Reni. «Die Kinder lieben diese Geschichten. Sie sind geradezu versessen auf Gruseliges.»

«Aber nachts kommen sie dann zu uns gelaufen, weil sie Alpträume haben», sagte ihre Tochter grimmig.

Der Schwiegersohn grinste. Er hörte diese Geschichten auch ganz gern. Weniger schätzte er dagegen das unvermutete Auftauchen seiner Schwiegermutter im Badezimmer zur frühen Stunde, wenn er sie noch in tiefem Schlaf wähnte. In ihrem bis zur Erde reichenden, voluminösen Flanellhemd, mit wirrem grauem Haar, stand sie plötzlich vor ihm, wenn er gerade in die Dusche steigen wollte. Und aus einem zahnlosen Mund bekam er zu hören: «Lass dich nicht stören, ich kucke gar nicht hin. Ich hole mir nur meine Tabletten.»

Aber auch Dagmar, dem Gutmenschen, wurde gelegentlich der Titel «Landplage» zuteil, denn gerade am Heiligabend war man nicht vor ihren spontanen Ideen sicher. Einerseits lobte man ihr starkes soziales Engagement, andererseits musste man sich gerade an diesem sowieso nicht spannungsfreien Tag fragen, was für einen unbekannten Weihnachtsgast sie diesmal ins Haus schleppen würde. Dagmar konnte, wie leider gute Menschen oft sind, recht penetrant sein. Deshalb hatte bei den Familienfeiern inzwischen jeder schon gelernt, sich so schnell wie möglich zu verdrücken, wenn er merkte, dass sie es mit einer Spendenliste auf ihn abgesehen hatte.

Sobald es galt, die viel gepriesene Nächstenliebe praktisch umzusetzen, entwickelte sie ein erstaunlich dickes Fell, und man erzählte sich, sie habe sich angeblich nicht einmal gescheut, einem Brautpaar vor dem Altar noch schnell eine Spendenbüchse unter die Nase zu halten. Was hatte sie ihren Kindern nicht schon alles angeschleppt, worunter ein dreibeiniger Hund, ein halb zerstückeltes Kaninchen, ein fast federloser Kanarienvogel noch das Harmloseste gewesen waren.

Aber am unangenehmsten war Dagmars Angewohnheit, jeden, über den auch nur ein böses Wort fiel, grundsätzlich in Schutz zu nehmen. Der wohlbetuchte nette Onkel, der die Familie mit großzügigen Geschenken bedachte und dessen Ferienhäuschen an der Nordsee man einmal im Jahr benutzen durfte, hatte nach dem Vorfall beim letzten Weihnachtsfest nichts mehr von sich hören lassen. Man hatte am Heiligabend gemütlich beisammengesessen, über dies und das geredet und war dabei auch auf die Politik gekommen und leider auch auf den Nationalsozialismus und seinen verbrecherischen Führer, unter dem gerade dieser Onkel und seine Familie sehr hatten leiden müssen. Als man sich in schönster Einigkeit wieder einmal darüber empörte, was von diesem Scheusal Furchtbares angerichtet worden war, runzelte Dagmar plötzlich die Stirn und sagte: «Nun hört doch mal auf, auf ihm herumzuhacken. Alles kann man ja diesem armen, verwirrten Menschen auch nicht in die Schuhe schieben.»

Es entstand eine für den Heiligabend völlig unangebrachte, hitzige Diskussion, die ein ziemlich abruptes Ende fand, weil der Onkel aufstand, Dagmar eine unverbesserliche Nazisse nannte und in seinem Zimmer verschwand. Dabei war es gerade Dagmar gewesen, die in den Zeiten des Dritten Reichs viel Zivilcourage gezeigt hatte und deshalb ein paarmal in große Schwierigkeiten geraten war.

So sah es also aus bei den drei Freundinnen und ihren Familien, als Reni und Dagmar, zum ersten Mal ohne eigenes Auto, zu Nina eilten, fest entschlossen, es sich, wie Reni es ausdrückte, saugemütlich zu machen. Die Begrüßung fiel herzlich, aber wie immer ein wenig konfus aus – «Mein Gott, wo ist denn meine Tasche!» – «Dagmar, jetzt hab ich dein Geschenk vergessen.» – «Da ist es ja.» Sie wuselten beide durch Ninas Zimmer und begutachteten die neu hinzugekommenen Bilder auf dem Kaminsims – «Kuck mal hier, Oliver mit Fahrradhelm, ist ja süß.»

Als endlich jede ihr gemütliches Plätzchen gefunden hatte, kam man auf den Grund des Zusammenseins zurück, den Verlust des Führerscheins. Wie sollte man nur den Rest des Lebens autolos verbringen? Nie mehr der Satz: «Ich komm mal eben auf einen Sprung bei dir vorbei», nur noch schweres Taschen- und Koffergeschleppe, Rumgestehe auf zugigen Bahnhöfen, nur noch demütiges Gewinsel um Hilfe mit dem Gepäck bei ungnädigen Schaffnern, Abhängigkeit, wohin man blickte, Treppenhinauf- und -hinuntergekeuche, weil die Rolltreppe kaputt war, und die ständige Sorge, bei den üblichen Verspätungen den Anschlusszug zu verpassen. Und dann die Neigezüge, die neueste Errungenschaft der Bundesbahn, deren hochgezüchtete Technik sie öfters im Stich ließ, so dass sie auf offener Strecke stehen blieben. Zweimal hatte Dagmar das schon erlebt, einmal zwei Stunden in rasender Hitze, denn die Klimaanlage gab dann natürlich auch den Geist auf. Reihenweise seien die Leute umgekippt. Man war sich einig: Mit dem Auto im Stau war wirklich das geringere Übel.

Wie schwer war die Trennung von dem liebsten Gefährten gewesen. Reni musste sich bei der Erinnerung daran noch jetzt die Augen wischen. Der Käufer, ein Softie in einem T-Shirt mit der Aufschrift «Ich bin schuld», hatte ihr mitfühlend den Arm um die Schulter gelegt, als sie ihm den Schlüssel aushändigte, und versprochen, es wie seinen Augapfel zu hüten. Aber schon das Kreischen des ersten Ganges unter seiner lieblosen Hand war ein Stich in ihr Herz gewesen.

Zum Glück fand man es dann aber bald an der Zeit, mit Jammern aufzuhören und sich dem leckeren Abendbrot zu widmen und einem interessanteren Thema, dem Klatsch, mit dem vor allem Nina reichlich dienen konnte. Allerdings hatte sie die Erfahrung gelehrt, dass es klüger war, ihn vorher ein wenig zu sortieren, damit er nicht an die falsche Adresse gerichtet war und man plötzlich an dem versteinerten Gesicht der Zuhörerin bemerkte, dass es besser gewesen wäre, man hätte den Mund gehalten. Der Freundeskreis wurde ausgiebig durchgehechelt, mit vielen bedauernden Ausrufen, wenn es um Vergreisung oder Starrsinn und Gebrechen, und Gekichere, wenn es um die Liebesdramen der

Kinder ging. Aber auch sanfte Trauer mischte sich mit dem köstlichen Geschmack des Obstsalates, als man der vielen Freunde gedachte, die es inzwischen nicht mehr gab. Ihre kleinen Schwächen, Missgeschicke und Verdrehtheiten, über die man früher gern gelacht hatte, gerade am Heiligabend aufzuwärmen, fand man allerdings ein wenig pietätlos, und man gab sich deshalb das Stichwort «Bei uns zu Haus»: «Bei uns zu Haus musste jede Kerze so lange brennen, bis der Docht im Wachsrest schwamm» – «... gab es jedes Mal mit den Großeltern Theater, wenn man sich weigerte, ein Gedicht aufzusagen» – «... fraß die Katze das Lametta vom Baum» – «... waren Matrosenkleider obligatorisch» – «... gab es Wiener Würstchen mit Kartoffelsalat.» Dieses Thema war jedoch bald erschöpft, und nun kamen Jugend und Kriegszeit an die Reihe. Aber die Kraft der Bilder war im Lauf der Jahre verloren gegangen. Was nützte es noch, der Vergangenheit nachzuhängen? Mit dem Alter fertig zu werden war schon anstrengend genug. Und so versandete auch dieses Gespräch schnell. Ohne dass man es sich eingestehen wollte, war man ein Kind dieser Zeit geworden und mehr an den Ereignissen der Gegenwart interessiert. Einem erneuten Aufleben der Themen Arbeitslosigkeit und Steuerschraube kam Nina mit dem Vorschlag zuvor, sich doch auf Video den Film «Vom Winde verweht» noch einmal anzusehen, von dem sie damals so begeistert gewesen waren. Aber es zeigte sich bald, dass sich der Geschmack der Freundinnen inzwischen gewaltig verändert hatte. Alles schien jetzt reichlich melodramatisch, und Clark Gable wirkte in der Rolle des Rhett Butler, wie man fand, ziemlich schmierig. Dieses Idol hatte man längst gegen Robert Redford eingetauscht, der allerdings, das musste man leider zugeben, in letzter Zeit viel von seinem jugendlichen Charme eingebüßt hatte. Irgendwann mussten eben auch die Herren dran glauben. Bei dieser Feststellung lachten alle drei wie die Hyänen und fielen dann in nachdenkliches Schweigen, wobei jede für sich überlegte, was man denn mit dem Rest des Heiligabends noch anfangen könnte, sich in alte Photos vertiefen, Monopoly oder Scrabble spielen? Was jetzt die Kinder wohl machten?

Wie auf ein Stichwort klingelten gleichzeitig ihre Handys. Es waren die lieben Kleinen, die unbedingt unter vielen «Weißt du was, weißt du was?» ihren Omis erzählen wollten, was das Christkind ihnen beschert hatte, und jede der drei Großmütter vezog sich in einen anderen Raum, inklusive Bad, um ungestört ihre Stimmchen genießen zu können. Aufgeregt die Handys schwenkend, fanden sie sich dann wieder zusammen, um sich gegenseitig mitzuteilen, dass die Familien sie gerne noch ein Stündchen bei sich hätten. Drei Taxen wurden bestellt, in Windeseile ein wenig aufgeräumt und zu den Mänteln gegriffen. Sehnsüchtig blickten die drei Herren im Silberrahmen ihnen nach, und unter dem feierlichen Klang der Kirchenglocken aus dem Radio, das man vergessen hatte abzustellen, nadelte die Edeltanne friedlich vor sich hin.

3 Spaß gehabt

Wie üblich drehte sich bei ihrem Telefonat mit Bettina das Gespräch um Schwager Rudolf, der, wenn sie ihrer Schwester Glauben schenken sollte, täglich eine neue Untugend entwickelte. Er warf seine Papiertaschentücher in den Papierkorb anstatt in den Mülleimer, verstreute die Zeitungen im Schlafzimmer auf dem Boden, zog sich dreimal am Tage ein frisches Hemd an und war nicht davon abzubringen, die Blumen im Haus zu gießen, obwohl es jedes Mal eine Überschwemmung gab. Ständig fragte er: «Was essen wir heute?», knallte mit den Türen, dass der Putz herunterrieselte, ließ das Radio so laut spielen, als wolle er damit die Mauern von Jericho beschallen, und klopfte dazu den Takt der Dudelmusik mit seinem Stock, den er nach einem leichten Schlaganfall beim Laufen benutzen sollte, es aber nicht tat, so dass er schon mehrfach hingefallen war. Und nun hatte er sich zu allem Überfluss auch noch heftig in den Finger geschnitten und mit seinem Blut eine wertvolle Spitzendecke – «Du erinnerst dich, sie stammt noch von Tante Tilly und ist mindestens hundert Jahre alt» – betropft und total versaut. Bettinas Stimme hob sich.

«Ja, es ist wirklich nicht einfach für dich», stimmte Mariechen dem Klagelied zu, während sie insgeheim mit schwesterlicher Schadenfreude dachte: «Recht geschieht dir. Du musstest ihn mir ja unbedingt wegnehmen.»

Dass Bettina sich nahm, was ihr gefiel, hatte sie schon als Kind gezeigt. So hatte sie sich ohne viel Federlesens der neuen Puppe ihrer ein Jahr jüngeren Schwester bemächtigt, unberührt von ihrem Geschrei. Mariechen fand bei ihrer Mutter, zu der sie heulend rannte, wenig Unterstützung. Wie manche Hausfrau in jener Zeit, wo es so etwas wie Waschmaschine und Staubsauger nicht gab, tat sie mindestens fünf Dinge auf einmal: plätten, den Hund vom Sofa verjagen, aufpassen, dass das Mittagessen nicht anbrannte, umrühren, Holz nachlegen, mit der Nachbarin schwatzen, die Kinder beschwichtigen. Und so sagte sie nur: «Zankt euch nicht.»

Mariechen versuchte, Gleiches mit Gleichem zu vergelten, machte sich über Bettinas Papierpuppen her und schnippelte mit Wollust an ihnen herum. Ein Beinchen weg, ein Ärmchen gekürzt, schnipp-schnapp die Garderobe zerstückelt. Doch diese Retourkutsche ging daneben. Bettina lächelte lediglich milde und sagte: «Nur zu. Wer spielt denn schon noch mit Papierpuppen?»

Später war es die in Platin gefasste Aquamarinnadel, die Mariechen ihrer gutmütigen Tante Tilly abgeschwatzt hatte. Kaum entdeckte Bettina sie an der Bluse ihrer Schwester, behauptete sie, die Tante habe sie ihr versprochen. «Zankt euch nicht!», rief die Mutter. «Dann muss sie eben ausgelost werden.» Die Spielregel stand fest: bis drei zählen und dann dem anderen die Hand, einen Stein, eine Schere oder ein Blatt Papier darstellend, entgegenstrecken. Natürlich siegte Bettina. Sie hatte Papier gewählt und Mariechen Stein. Papier wickelt den Stein, und damit war Mariechen die Nadel los, obwohl sie hätte schwören können, dass ihre Schwester geschummelt hatte. Mit dem fröhlichen Singsang «Ich und du, Müllers Kuh, Müllers Esel, das bist du» hüpfte Bettina davon.

«Dumme Kuh!», rief Mariechen ihr nach.

«Zankt euch nicht», sagte die Mutter.

Ebenso war es Mariechen mit Horsti gegangen, dem Jungen aus dem KLV-Lager, in das man die Kinder im Krieg verschickte, um sie vor den Bomben zu schützen. Horsti war das Gegenteil eines Rabauken, schüchtern und verträumt, ein wenig langsam und ein Umstandskrämer, aber hilfsbereit und fürsorglich, bei den Mitschülern wohlgelitten, wenn auch gelegentlich liebevoll gehänselt. Seine Sympathie für sie zeigte er ihr, indem er ihr seinen Nachtisch überließ, Wackelpudding mit Himbeersoße. Mariechen verliebte sich auf der Stelle in ihn, und seine unbeholfene Schlaksigkeit half ihr, die eigene Schüchternheit zu überwinden. Doch diese Blümchenfreundschaft mit Abzählreimen wie «Verliebt, verlobt, verheiratet, geschieden», mit Händchenhalten und scheuen Zärtlichkeiten war vorbei, als er Bettinas Aufmerksamkeit auf sich zog, die bis dahin mit einem strammen HJ-Führer beschäftigt gewesen war und plötzlich bemerkte, dass ihre kleine Schwester eine Anstecknadel in Form eines Marienkäferchens an ihrer Kletterweste trug und Jungenstrümpfe stopfte. Auf einmal lag ihr das Wohl der jüngeren Schwester sehr am Herzen. Sie habe schließlich die Verantwortung und wolle diesen Jungen mal unter die Lupe nehmen. Woraufhin sie sich intensiv mit Horsti abgab, traurig von Mariechen beobachtet, die wusste, dass sie auf verlorenem Posten stand, denn mit einem Busen, wie ihn ihre Schwester bereits besaß, konnte sie noch nicht aufwarten. Und kein Tröster weit und breit.

Anders später bei Rudolf. Da war sie in ihrem Schmerz Colonel Jeffrey zu dessen Freude in den Schoß gefallen. Und er hatte ihr den Verlust im wahrsten Sinne des Wortes versüßt, nämlich mit Schokolade aus dem PX-Laden.

«Dirne», sagte ihr Vater düster, der gerade aus der Kriegsgefangenschaft heimgekehrt war und mit moralischen Ansprüchen daherkam, die noch aus Kaisers Zeiten stammten. Das hinderte ihn allerdings nicht, gierig nach der amerikanischen Zigarettenpackung, die Mariechen auf den Küchentisch gelegt hatte, zu greifen. Mariechen schwieg, aber ihre Mutter warf dem Heimkehrer einen schrägen Blick zu, sagte: «Von einer Dirne kannst du doch wohl nichts annehmen», riss dem Verdatterten das Päckchen aus der Hand, verschwand damit und kam ein paar Stunden später mit einer Mettwurst zurück.

Doch Mariechens Glück mit Jeffrey war von kurzer Dauer. Er kehrte eines Tages nach Amerika zurück zu Frau und Kindern, die er ihr wohlweislich unterschlagen hatte. Rudolf, ihre erste große Liebe, war inzwischen mit Bettina verlobt, und so versuchte sie immer wieder aufs Neue, woanders ihr Liebesglück zu finden, so dass sie in der Familie bald der Wanderpreis genannt wurde.

Im Gegensatz dazu lief bei Bettina alles so, wie Mütter es sich insgeheim für ihre Töchter wünschen: Bitte um die Hand der Tochter beim Vater, Verlobung, im angemessenen Abstand die Hochzeit, eine eigene Wohnung und sehr bald steigender Wohlstand mit ungebremster Karriere im Wirtschaftswunderland. Von der Zweizimmerwohnung ging es ins Reihenhaus, vom Reihenhaus in die Vorstadtvilla mit parkähnlichem Garten und standesgemäßen Nachbarn ringsum, die ihren VW Käfer längst gegen einen Mercedes ausgetauscht hatten. Nur die von Bettina heiß gewünschten Kinder blieben aus.

Ein weiterer Wermutstropfen waren Rudolfs ständige, wie er behauptete, für einen tüchtigen Geschäftsmann unerlässliche Reisen, die den Familienklatsch angenehm belebten. Kaum zu glauben, wo, an welchen Orten, in welchen Lokalen und mit was für Frauen man den Jungen gesehen hatte. Man munkelte sogar etwas von einer Chinesin und einem weiblichen Eskimo. Ja, ja, die arme Bettina, immer allein zu Haus. Die typische grüne Witwe dieser Jahre. Auch sonst schien sich der einst so nette Junge verändert zu haben. Wenn er mal zu Hause war, wollte er nichts als seine Ruhe. Fernsehen an und Füße hoch, man weiß ja, wie Männer eben so sind. Und nun mit Anfang siebzig der erste Schlaganfall. Sicher, ein leichter nur, kaum der Rede wert, wie Bettina nicht müde wurde zu versichern. «Und er ist schon wieder ganz der Alte.» Dabei war aus dem früheren Charmeur ein echter Nörgler geworden. Zwar immer noch eine wirklich gute Erscheinung mit dichtem Haar und keinem Gramm zu viel auf der Waage, aber mit noch aus der Steinzeit stammenden Ansprüchen an die Umwelt, als hätten die Geister seiner Ahnen, die ein wenig reichlich an den Wänden hingen, sich seiner bemächtigt. Bettina hatte wirklich ihre liebe Not.

Mariechen aber stellte zufrieden fest, dass sie das bessere Los gezogen hatte. Der Beruf hatte sie in die Großstadt verpflanzt, wo niemand sie kontrollieren konnte und sie in ihrer Wohnung empfing, wen sie wollte. Doch auch bei ihr war es mit dem flotten Leben, das allerdings größtenteils nur in der Phantasie der Familie stattgefunden hatte, längst vorbei. So war Friede zwischen den Schwestern eingekehrt. Man sah sich höchst selten. Wozu gab es schließlich Telefon? Vergessen war die Zeit der Eifersüchteleien und Rivalitäten. Allerdings, viel zu sagen hatte man sich auch nicht mehr. Der von Bettina gepflegte gesellschaftliche Umgang war nie nach Mariechens Mütze gewesen. Diese Ansammlung von ehrbaren Bürgern, die ganz hin und weg waren von sich und ihrer Tüchtigkeit und wie weit sie es doch gebracht hatten, fand sie schrecklich öde, gingen doch die Gespräche im Grunde genommen immer um dasselbe: Wie viel wert bist du, und wie viel wert bin ich. Das Essen war stets vom Feinsten, dazu wurden nur Spitzenweine gereicht, und es gab immer wieder eine neue Anschaffung, die bewundert werden musste. Man zeigte und erwähnte gern, was man sich leisten konnte, vor allem auch Reisen in exotische Länder, Flüge und Hotels natürlich erster Klasse. Ein neu eingeführtes Ehepaar erntete nur mitleidige Blicke, als es harmlos von einem wunderbaren Urlaub im Bayerischen Wald erzählte, und man nahm schnell wieder den Vergleich der besten Fluglinien nach Schanghai auf. Mariechen hörte schon gar nicht mehr hin. Nur einmal vor längerer Zeit war das Gespräch auf jemanden gekommen, bei dem sie aufhorchte. Es war der Jugendfreund Horsti aus dem KLV-Lager, jetzt Professor der Medizin, der nicht weit entfernt vom Städtischen Krankenhaus ein Sanatorium eröffnet haben sollte. Für einen kurzen Moment kreuzten sich die Blicke der Schwestern und wandten sich dann wieder mit aufmerksamem Lächeln ihren Tischherren zu.

Da ging es doch in Mariechens Freundeskreis, den sie sich im Lauf der Jahre geschaffen hatte, sehr viel lockerer zu. Sie hatte deshalb auch in den letzten Jahren das Weihnachtsfest mit den Freunden und nicht mit ihrer Schwester verbracht, im vorigen Jahr höchst vergnüglich mit zwei Ehepaaren in einem kleinen Berghotel. Aber diesmal drängte Bettina sie richtig, doch das Weihnachtsfest mit ihnen zu verleben und sie nicht mit Rudolf, dem Nörgler, allein zu lassen. Sie konnte diese Bitte schlecht abschlagen. In gewisser Weise war es für sie ein angenehmes Gefühl, dass ihre selbstbewusste Schwester Hilfe brauchte. Bis Weihnachten war es ja noch eine Weile hin, und so schob sie den Gedanken daran erst mal beiseite.

Doch wie jedes Jahr schien der Weihnachtslied-Vers «Einmal werden wir noch wach, heißa, dann ist Weihnachtstag» schon Anfang November zuzutreffen. Eine Invasion von Weihnachtsmännern füllte in Kaufhäusern und Geschäften Regale und Verkaufstische. Sie räkelten sich auf Schlitten, prosteten sich fröhlich zu, schwangen die Rute, lagen in neckischer Pose auf einem Sofa oder saßen in Bäumen. Es gab sie aus Pappmaché, aus Plüsch, holzgeschnitzt und aus Porzellan, aus Schokolade, Marzipan oder Fruchtigem, ja, sogar in Lebensgröße die Fassaden von Häusern emporkletternd. Keine noch so krüpplige Tanne in den Vorgärten, die nicht mit klitzekleinen Kerzen wie mit phosphoreszierendem Puderzucker bestreut war. Und keine Passage, aus der einem nicht Weihnachtslieder entgegenplärrten, in ohrenzerreißendem Wettstreit mit den unvermeidlichen Straßenmusikanten. Je näher Heiligabend rückte, umso aufdringlicher wurde die Musik, so als wollte sie den Kunden einen Vorgeschmack auf das geben, was sie am Heiligabend an Stress erwartete. Jedenfalls kam es Mariechen so vor. Ihr wurde allmählich ziemlich blümerant, je näher der Reisetag rückte, und sie wünschte, Weihnachten wäre schon vorbei und sie wieder in ihrer gemütlichen kleinen Wohnung. Aber sie rief sich energisch zur Ordnung. Gelassen bleiben, sich bloß nicht aufregen, gerade bei der ständig zunehmenden Vergreisung ihres Schwagers, wie Bettina durchblicken ließ.

Wie meist im Leben kam alles anders. Diesmal war nicht Rudolf das Problem, sondern Bettina. Ein heftiger Asthmaanfall brachte sie ins Krankenhaus. Dort zeigte man sich sehr besorgt, sprach von einem bedenklichen Lungenemphysem und hielt es für ratsam, sie zu behalten, sogar, wenn nötig, über die Feiertage. Bettina nahm es erstaunlich gelassen auf, während Mariechen schon das Krankenzimmer deprimierend fand, einen schmalen, dunklen Raum mit hintereinander stehenden Betten, bei dem man sich nicht einmal die Mühe gemacht hatte, ihn mit ein paar Bildern aufzuhellen. Manchmal war Bettina wirklich bewundernswert. Mariechen versprach ihr, täglich vorbeizuschauen. Aber Bettina winkte ab. «Wir sind ja keine Kinder mehr. Ich melde mich, sobald es mir besser geht. Im Augenblick strengt mich alles sehr an. Hoffentlich kommst du bei uns mit allem zurecht. Der Weihnachtsbaum ist ja Gott sei Dank schon geschmückt.»

«Mach dir keine Sorgen», sagte Mariechen. Aber die Vorstellung, ausgerechnet das Weihnachtsfest allein mit Rudolf zu verbringen, stimmte sie nicht gerade heiter. Den ersten Abend schien sie mit ihren Befürchtungen Recht zu haben. Rudolf jammerte herum, und der von ihm ständig wiederholte Satz «Ich mach mir so Sorgen um mein Bärchen» besserte Mariechens Laune auch nicht. Aber den Tag darauf sah alles anders aus. Rudolf hatte sich gefangen und erwies sich zu ihrer Überraschung als äußerst pflegeleicht. Er war wieder ganz der alte Charmeur, in den sie sich einst verliebt hatte. Er lobte ihr ziemlich einfallsloses Mittagessen, Würstchen mit Kartoffelsalat, über den grünen Klee, bot ihr seine Hilfe beim Abwaschen an, die sie wohlweislich ablehnte, und zeigte sich außerordentlich besorgt, sie könne sich womöglich zu viel zumuten. «Du bist schließlich unser Gast und sollst dich erholen.» Trotz seiner Behinderung hatte er das Schlafzimmer tadellos aufgeräumt, das Waschbecken im Badezimmer war keineswegs, wie Bettina sich beklagt hatte, mit Zahnpasta bekleckert, und die Zeitungen lagen wohlgeordnet auf einem Tischchen. Auch kam er noch sehr viel besser allein zurecht, als nach den Gesprächen mit ihrer Schwester zu erwarten war, und begann, wenn er einen Wunsch hatte, stets mit der höflichen Floskel: «Wenn du irgendwann mal Zeit hast ...»

So als hätte sie ihr Unglück vorausgeahnt, hatte Bettina schon gut vorgesorgt, eingekauft und einen Teil der Mahlzeiten zubereitet und eingefroren, so dass sich für Mariechen die Arbeit sehr in Grenzen hielt. Nur mit dem versprochenen Besuch klappte es nicht. An einem Tag fühlte sich Bettina zu matt, am anderen gab es unerwartetes Glatteis, worüber merkwürdigerweise niemand so recht traurig war, selbst die Patientin nicht. Nach und nach entstand im Haus eine recht vertraute Atmosphäre, zu der der gute Wein, den Rudolf Flasche für Flasche opferte, seinen Teil beitrug. Das sanfte Kerzenlicht des Weihnachtsbaumes gab dem steifen Wohnzimmer eine anheimelnde Wirkung, und Rudolf fand zu seiner Hochform zurück. Er ließ alle seine Künste spielen, mit denen er sich früher beliebt gemacht hatte. Seine im Brustton der Überzeugung vorgebrachte Feststellung «Du hast dich wirklich überhaupt nicht verändert. Wie machst du das?» zeigte bei dem sonst eher selbstkritischen Mariechen sofort Wirkung. «Na hör mal», sagte sie geschmeichelt und erhob sich mit jugendlichem Schwung, um einer kokelnden Kerze zu Leibe zu rücken.

«Wirklich erstaunlich», fuhr Rudolf fort, «wie beweglich du noch bist. Wahrscheinlich treibst du regelmäßig Sport.»

«Nun ja», sagte Mariechen, die mehr nach dem Motto lebte: Sitzen ist besser als Stehen und Liegen besser als Sitzen, «man tut, was man kann.» Sie kicherte backfischhaft.

«Und dein wundervolles Haar hast du immer noch», fuhr Rudolf fort, und sie rief: «Nun hör aber mal auf. Du kannst dich ja über deins auch nicht gerade beklagen.»

Rudolf zeigte großes Interesse an ihrem Leben und nannte ihren Freundeskreis faszinierend. Aber sehr schnell kamen sie dann doch auf die alten Zeiten zu sprechen, wie alles so gekommen war, und Rudolf sagte hin und wieder melancholisch: «Ich glaube, ich habe damals einen großen Fehler gemacht», ohne den Fehler direkt beim Namen zu nennen. Wo sie sich eigentlich kennen gelernt hatten, war ihm allerdings entfallen. Dafür wusste es Mariechen noch ganz genau: in der Tauschzentrale, einem Ort, in dem es fast so zuging wie in dem damals beliebten Vers: «Tausche abgelegte Braut gegen Fass mit Sauerkraut.» Mariechen hatte ihr gerettetes Konfirmationskleid gegen eine nur leicht von Motten zerfressene Jacke aus Kaninchenfell eingetauscht, da hatte plötzlich dieser junge Mann neben ihr gestanden in der üblichen Kleidung, wie sie jeder zweite deutsche Mann trug: einer durch das Umfärben eingegangenen Uniform ohne Abzeichen und Schulterklappen, den Rücken verziert mit den Buchstaben «PW» (Prisoner of War). Aber seine lässige Art, mit der er sich eine Zigarette Marke Eigenbau anzündete und mit einer Kopfbewegung die Tolle aus dem Gesicht warf, wirkte ausgesprochen elegant und hatte ihr gefallen, so dass sie sich bemüßigt fühlte, ihren leichten Kartoffelbauch einzuziehen, um einigermaßen passabel auszusehen. Sie kamen ins Gespräch und unterhielten sich so angeregt, dass es inzwischen dunkel geworden war. Leider lag die Tauschzentrale ziemlich weit weg von Mariechens ausgebombtem Elternhaus, und sie graute sich ein wenig vor dem Heimweg, der durch eine Trümmerwüste führte, in der man sich ganz schön verlaufen konnte. Sofort bot er sich an, sie zu begleiten. Fürsorglich hakte er sie unter, damit sie zwischen Mauerresten und umgestürzten Stahlträgern nicht ins Stolpern kam, und lieferte sie bei ihrer Mutter ab. Bald gehörte Rudolf fast zur Familie und machte sich durch sein frisches, nettes Wesen sehr beliebt, auch bei den Nachbarn. Ja, ja, das war noch ein richtiger deutscher Junge von der alten Sorte. Den Krieg mochte man verloren haben, aber das deutsche Wesen nicht. Auch besaß er ein großes Organisationstalent, so dass es zu den gerösteten Pellkartoffeln jetzt sogar manchmal ein wenig Speck gab. Selbst Mariechens versorgte Mutter wurde durch ihn aufgemöbelt. Mit Hilfe von Kasana-Lippenstift versuchte sie, sich anzuhübschen. Rudolf kurbelte das schon recht leierige Grammophon an und walzte mit ihr zu den Klängen «Ich tanze mit dir in den Himmel hinein, in den siebenten Himmel der Liebe» über den von Bombensplittern zernarbten Fußboden. Was Mariechen anging, wurde sie von ihrer Schwester sehr schnell aus dem siebenten Himmel heruntergeholt. Auch diesmal ging es ihr wieder genauso wie mit Horsti. Rudolf ließ sie im Regen stehen.

Doch um in Wunden zu wühlen war jetzt nicht der geeignete Moment. Jetzt galt es, den Augenblick zu genießen und auf den glücklichen Pfaden von Jugend und Liebe, auch wenn sie aus Schutt und Asche bestanden, zu wandern, begleitet von den CDs mit alten Schlagern aus jener Zeit. Und es störte Mariechen kein bisschen, dass der Geräuschpegel eher für ein Schützenfest als für ein Wohnzimmer angemessen war und Rudolfs Stock den Rhythmus dazu klopfte. Und als Krönung *ihr* Schlager «Schön ist jeder Tag, den du mir schenkst, Marie-Luise», wobei seine Hand sich zart auf ihre legte. Hin und wieder kamen sie mit leichtem Schuldbewusstsein dann doch auf Bettina zu sprechen, deren Asthmaanfälle ihm Sorgen machten. Er seufzte: «Dreimal war sie deshalb in letzter Zeit schon im Krankenhaus.»

«Die Arme», sagte Mariechen, von Gewissensbissen geplagt. «Wie bist du denn dann allein fertig geworden?»

«Es gab eine sehr nette Nachbarin, die hat sich um mich gekümmert.» Er lächelte selbstgefällig. «Sie hatte ein Faible für mich. Aber vor einem Monat ist sie ganz plötzlich gestorben.»

Mariechen stutzte. «Davon hat mir Bettina gar nichts erzählt.»

Einen Tag vor Silvester kehrte ihre Schwester zurück. Sie wirkte noch ein wenig angegriffen, war aber ausgesprochen gut gelaunt. Als sie Schwager und Schwester so nebeneinander stehen sah, lächelte sie spöttisch. «Na, auch einen kleinen Spaß gehabt?», sagte sie zu Mariechen, als die sie in die Küche begleitete.

Mariechen fuhr zusammen. «Was meinst du damit?»

«Überhaupt nichts», sagte Bettina. «Ich bin heilfroh, dass ihr so gut zurechtgekommen seid. Aber du entschuldigst mich. Ich lege mich noch einen Moment hin.»

«Tu das!», rief Mariechen und ging zur Haustür, weil es geklingelt hatte. Ein großer Blumenstrauß wurde abgeliefert. Gedankenlos öffnete sie den beiliegenden Brief und las:

«Liebste Bettina, es war so schön, dich mal wieder ganz allein für mich zu haben, wenn auch für dich wie jedes Mal unter höchst unerfreulichen Umständen. Gott sei Dank haben dich ja die Ärzte schnell wieder auf die Beine gebracht. Für mich waren es jedenfalls vier unvergessliche Tage mit guten Gesprächen, bei denen wir uns sehr nahe gekommen sind. Hoffentlich war zu Haus alles in Ordnung. Es vermisst dich sehr dein Horsti.»

Während Mariechen die Blumen in eine Vase ordnete, dachte sie nach. Horsti? Das konnte nur *ihr* Horsti sein! Und für einen Augenblick saß sie wieder neben ihm am Mittagstisch im KLV-Lager und aß seinen Wackelpudding. Auch der von ihrer Schwester geliebte Singsang kam ihr wieder ins Gedächtnis: «Ich und du, Müllers Kuh, Müllers Esel, das bist du.» Aber merkwürdigerweise empfand sie keinen Zorn gegen ihre Schwester. Wie hatte es Bettina genannt? Einen kleinen Spaß gehabt. Ja, den hatten sie gehabt, alle drei. Und irgendwie war jeder dabei auf seine Kosten gekommen. Denn eins war sicher: Rudolf, den Nörgler, als Dauerzustand – nicht mal geschenkt. Vergnügt versuchte sie, den alten Schlager vor sich hin zu pfeifen: «Ich tanze mit dir in den Himmel hinein, in den siebenten Himmel der Liebe.» Der Versuch misslang.

4 Unverhofft kommt oft

Ich bin mit einem Tick behaftet, der entweder völliges Unverständnis oder höchstes Lob hervorruft. Ich bin ein Putzteufelchen, wie mich Ralf, mein erster Mann, zu Anfang liebevoll nannte. Der Griff zum Staubtuch ist für mich ebenso zwanghaft wie für den Raucher der zur Zigarette. Schon als Kind wienerte ich meine Schulmappe, bis unser Spaniel sein Spiegelbild darin entdeckte und zu knurren anfing, reinigte sie sorgfältig von innen und pustete über Schulbücher und Diktathefte, ehe ich mich an die Schularbeiten setzte.

Zunächst war Ralf deshalb sehr stolz auf mich, und auch meine Schwiegermutter nickte anerkennend und meinte: «Wirklich tipptopp bei euch.» Aber als ich anfing, ihn schon an der Haustür mit der Kleiderbürste zu empfangen, begann er zu murren, was schließlich in einem großen Krach endete mit dem Resultat, dass er mich verließ. Weinend winkte ich ihm mit dem Staubtuch hinterher.

Nach der Scheidung bemühte ich mich, beruflich wieder Tritt zu fassen. Zunächst bewarb ich mich bei den Verkehrsbetrieben. Ich bin eine gute Autofahrerin. Mein properes Aussehen und die Fixigkeit, mit der ich das Lenken eines Busses begriff, wurden mit Wohlwollen zur Kenntnis genommen, und ich wurde eingestellt. Man war mit mir sehr zufrieden, bis ich dummerweise den Zwang nicht unterdrücken konnte, mich an jeder Ampel nach zusammengeknüllten Fahrscheinen auf dem Fußboden zu bücken, und dabei meist das Weiterfahren vergaß. Mein älterer Kollege, der mich zunächst noch als Orientierungshilfe begleitete, räusperte sich mahnend. Aber beim dritten Mal riss ihm der Geduldsfaden, und er meldete mein merkwürdiges Verhalten, was zu meiner Entlassung führte.

Ebenfalls von kurzer Dauer war eine Tätigkeit im Büro. Die Klagen meiner Kolleginnen über meinen Putzfimmel häuften sich. Dauernd sei ich an ihren Schreibtischen zugange, um dort angeblich Ordnung zu schaffen und Staub zu wischen. Selbst mein bis dahin mit mir sehr zufriedener Chef fand es höchst eigenartig, dass ich nach Büroschluss ständig noch in den Zimmern herumwuselte, mit einem Pinselchen in die Eingeweide des Kopierers fuhr, die Gardinen richtete oder den Computer abstaubte. Wir trennten uns, wie es so schön heißt, in gegenseitigem Einvernehmen, und mein Putzteufel tobte sich nun doppelt und dreifach in meiner Wohnung aus, so dass sich die Mieter unter mir immer häufiger beschwerten, weil ich nachts mit dem Staubsauger durch die Zimmer jagte.

Ich machte einen dritten Versuch, der jedoch ebenfalls scheiterte. Auch hier sah es zunächst sehr viel versprechend aus. Ich meldete mich bei einer Reinigungsfirma und wurde sogleich Objektleiterin einer Putzkolonne, die für mehrere Hochhäuser zuständig war. Meine Bemühungen, Flure und Treppen, Fahrstühle und Fenster in einen Zustand zu versetzen, als wären sie frisch renoviert, wurden mir nicht gedankt. Nachdem mich mein Chef mehrmals mit dem Spruch «Zeit ist Geld» ermahnt hatte und ich nicht einsehen wollte, dass man mit einem kaum halb vollen Eimer vierzehn Stockwerke in sauberen Zustand versetzen kann, war ich wieder arbeitslos.

Als ich mich dabei ertappte, dass ich den Abwaschlappen in meiner Küche Kante auf Kante zusammenfaltete, und die Kosten für die Reinigungsmittel Schwindel erregende Höhen erreicht hatten, suchte ich einen Psychologen auf, einen älteren, stark bebarteten Herrn, der nicht gerade den Eindruck machte, als läge ihm meine Psyche sehr am Herzen. Trotzdem war sein Rat nicht nur teuer, sondern erwies sich als außerordentlich gut, nämlich, mich als Haushaltshilfe zu verdingen. «Da verdienen Sie nicht nur 'ne Menge Zaster, alles steuerfrei», sagte er in seiner unverblümten Art, «sondern werden auch noch auf Händen getragen. An guten Haushaltshilfen herrscht immer Mangel.»

Dieser Mensch hatte Recht. Nach wenigen Wochen riss man sich förmlich um mich. Was Ralf und meine ehemaligen Chefs halb wahnsinnig gemacht hatte, wurde jetzt überaus geschätzt. Der Putzteufel durfte zur Höchstform auflaufen. Grundsätzlich arbeitete ich nur bei allein stehenden Berufstätigen und stellte schnell fest, sie hatten fast alle ihre Macken. Da war die Staatsanwältin, die ihre schmutzige Wäsche in eine Reisetasche stopfte, die Schauspielerin, die sich von ihren verwelkten Blumen nicht trennen konnte, der Immobilienhändler, dessen Wohnung eher einer Baustelle glich, oder der Banker, der anscheinend dem Zwang nicht widerstehen konnte, jedes Stück Papier mit Zahlen zu bekritzeln, egal, ob es sich um Zeitungsränder oder den liebevoll mahnenden Brief seiner Mutter – «Denk an dein Herz, Junge!» – handelte. Jedes Mal, wenn ich eine Wohnung betrat, wusste ich, wie es um die Seelenlage ihres Besitzers bestellt war. Unter jedem Dach ein Ach. Die Anzeichen dafür waren unübersehbar. Der wöchentliche Blumenstrauß blieb aus, das Telefon stumm, der Anrufbeantworter gab keinen Pieps von sich, der Brief auf dem Schreibtisch war vom Finanzamt, der Aschenbecher nach längerer Abstinenz wieder bis zum Rand gefüllt, die geleerten Flaschen häuften sich, und im Badezimmer fanden sich Beruhigungs- und Schlaftabletten. In der Küche stapelte sich schmutziges Geschirr, und der Geschirrspüler lieferte nur schlierige Gläser, weil vergessen worden war, den Klarspüler einzufüllen. Die Zimmer wirkten entweder verlottert oder übermäßig ordentlich, die Schränke waren plötzlich aufgeräumt, die Schuhe geputzt, jedes Fusselchen weggesaugt, ein Zustand, der mich verstimmte, wenn er auch ein Symptom der Verzweiflung und der Einsamkeit war.

Haustiere lehnte ich ab. Tagsüber allein gelassene Katzen oder Hunde sprechen nicht für ihre Besitzer. Wellensittiche oder Kanarienvögel meinetwegen. Doch bereits mit einem Aquarium war meine Toleranzgrenze erreicht. In meinen Augen hätte das Wasser täglich erneuert werden müssen. Außerdem galt mein Interesse nur dem Staub, und ich kann wohl sagen, dass ich ihn an Stellen fand, die ein menschliches Auge praktisch noch nie zu Gesicht bekommen hatte. Und das Schönste daran war, es gab keinen Mangel. Von einer Woche zur anderen wuchs er reichlich nach. Deshalb bevorzugte ich Wohnungen, in denen er sich verstecken konnte. Möbel mit Ornamenten, endlose Bücherregale und Sprossenfenster, kunstvoll verschnörkelte Kronleuchter und geschnitzte Bilderrahmen. Was für ein Vergnügen, den zierlichen Staubwedel darüber tanzen zu lassen.

Besonders die Weihnachtszeit war dazu angetan, meinen Herrschaften zu zeigen, was in mir steckte. Denn schließlich gehörte auch zur Feier des Heiligabends eine picobello aufgeräumte und blitzende Wohnung. Darüber hinaus bat mich der Banker, ein Mädchenjäger der Sonderklasse, aber mit viel Sinn für Tradition, seine Wohnung, in der er mit seiner neuen Freundin das Fest verbringen wollte, in einen nostalgischen Weihnachtstraum zu verwandeln. Weihnachtsvorbereitungen waren neben dem Putzen für mich schon immer ein großes Vergnügen. Und so legte ich los. Rote und goldene Bänder, Schleifen und Rosetten, Mistel- und Tannenzweige und sinnig blickende Weihnachtsengel zierten Bilder, Lampen und jede erdenkliche Oberfläche. Am Weihnachtsbaum hingen neben Glaskugeln, Glöckchen, Äpfeln, Zuckerkringeln und einer Kette eingewickelter Bonbons von mir selbst vergoldete Walnüsse. Ein Meisterwerk aber war der Engelsreigen, den mir meine Großmutter immer zu Weihnachten ausgeschnitten hatte. Der Banker war begeistert und lobte mich sehr. Danach hatte ich natürlich das Doppelte zu tun, um den Weihnachtsglanz, vor allem den Goldstaub, wieder verschwinden zu lassen.

Mittlerweile zeigte mein Putzteufel hin und wieder eine leichte Ermattung, so dass ich froh war, als ich einen neuen Herrn gefunden hatte, der bereit war, sein Leben mit mir zu teilen. Als er mich zum ersten Mal in meiner Wohnung besuchte, widerstand ich tapfer der Versuchung, sie vorher völlig auf den Kopf zu stellen oder bei der zärtlichen Begrüßung meine Finger säubernd über seine Schultern gleiten zu lassen. Thomas' Charakter kam mir sehr entgegen. Er war zuverlässig, umsichtig, strebsam, und vor allem war er der ordentlichste Mann, den ich bisher kennen gelernt hatte. Ja, manchmal kam er mir sogar noch pingeliger vor als ich, und ich neckte ihn ein wenig, wenn er jedes Glas, bevor er sich etwas eingoss, prüfend gegens Licht hielt.

Bald waren wir ein harmonisches, von unseren Freunden beneidetes Paar, das gern kuschelig in meiner Wohnung bei sanfter Musik und Kerzenlicht seinen Feierabend verbrachte und Zukunftspläne schmiedete, wozu sich die Vorweihnachtszeit mit Pfefferkuchen und Nüsseknabbern besonders eignete. Allerdings hatte ich das vage Gefühl, dass Thomas irgendetwas störte, und war richtig froh, als er mit dem Grund dafür herausrückte. So eine zarte Person wie ich sei besser zu Hause aufgehoben. Da gebe es schließlich noch genug zu tun, und es sei auch viel befriedigender, als anderen

Leuten den Dreck wegzumachen. Er bückte sich und entfernte ostentativ einen Fussel von meinem Teppich. Schließlich verdiene er genug für zwei. Erleichtert stimmte ich ihm zu und verschwieg, dass ich gerade eine neue Stellung bei einer alten Dame angenommen hatte, von deren Einrichtung ich ganz begeistert war, strotzte sie doch geradezu vor Silber, darunter allein hundert altmodische Bilderrahmen. Die Neunzigjährige musste aus reichem Hause stammen, denn auf den Bildern waren Schlösser, Reitpferde, Diener, Chauffeure und Kutscher in Uniform zu sehen.

Bereits am Tag vor Heiligabend stürzte ich mich in eine wahre Putzorgie. Die alte Dame sah es mit Wohlwollen. «Endlich jemand», sagte sie, «der sich meinem Silber mit Liebe widmet.»

Dummerweise war mein Putzteufel so in Rage, dass ich Heim und Herd vergaß, wo noch keinerlei Vorbereitungen für den Heiligabend getroffen waren und Thomas sicher schon auf mich wartete. Als ich schließlich todmüde nach Hause schlich, war mir sehr beklommen zumute. Denn ich hatte meine Wohnung am Morgen in einem desolaten Zustand zurückgelassen. Meine stille Hoffnung, ich könnte vielleicht doch noch vor Thomas da sein und einiges in Ordnung bringen, wurde bereits an der Wohnungstür zunichte gemacht, wo er mich erwartete und mir als einzige Begrüßung, angewidert meine vom Silberputzen schwärzlich verfärbten Hände betrachtend, entgegenschleuderte: «Eins will ich dir sagen: In so einer Drecksbude feiere ich nicht.»

Ich musste ihm Recht geben. Für unser beider Geschmack war es das Chaos schlechthin. Im Schlafzimmer ein Bettenknäuel, die schmutzige Wäsche auf dem Fußboden, der Couchtisch im Wohnzimmer von einer Staubschicht überzogen, der Weihnachtsbaum schmucklos gegen die Wand gelehnt und in der Küche überall schmutziges Geschirr. Als ich mich umdrehte, war Thomas gegangen.

Ich brauche nicht zu schildern, wie mir zumute war. Ausgerechnet am Heiligen Abend würde ich nun wieder allein sein. Und das sollte ich auch danach bleiben. Die Zeit zwischen Weihnachten und Neujahr schleppte ich mich noch zu meinen Putzstellen. Dann wurde ich krank und mit mir mein Putzteufel. Ich laborierte wochenlang an unbestimmten

Symptomen herum, denen kein Arzt auf den Grund kam. Mal waren es die Nieren, mal der Rücken, mal hatte ich den berühmten Kloß im Hals. Unmöglich für mich, meinen Pflichten nachzukommen. Ich gab meine Putzstellen auf und pflegte nur noch meinen Körper, bettete ihn sorgsam auf teure Spezialmatratzen, probierte Diäten und andere medizinische Ratschläge der Illustrierten und füllte die Praxen zweifelhafter Medizinmänner. Das Jahr ging ebenso schnell dahin wie meine stattlichen Ersparnisse.

Doch unverhofft kommt oft. Der einzige Mensch, der mich hin und wieder besorgt angerufen hatte, um sich nach meinem Gesundheitszustand zu erkundigen, starb und hinterließ mir seine Eigentumswohnung samt Inventar. Es war die alte Dame mit den Silberschätzen. Ich gab meine Wohnung auf und zog in ihre.

Es ist wieder Heiligabend. Ich habe es mir so richtig gemütlich gemacht. Der Tannenbaum ist reichlich mit bunten Kugeln, goldgefärbten Walnüssen, Engelsreigen und von mir Faden für Faden sorgsam geglättetem Lametta, das die alte Dame in Mengen aufbewahrt hat, geschmückt. Und während aus dem Radio ein

Chor «Vom Himmel hoch, da komm ich her» singt, bin ich dabei, Bestecke für vierundzwanzig Personen zu putzen, die so angelaufen sind, dass sie wie schwarz lackiert wirken. Ich werde viele Putzlappen brauchen, bis sie ihren ursprünglichen strahlenden Glanz wieder haben. Und wenn ich damit fertig bin, warten auch noch andere schöne Dinge auf mich, Tabletts und ein silbernes Kaffeegeschirr, abgesehen von den hundert Bilderrahmen, aus denen mich die Vergangenheit meiner Gönnerin freundlich anguckt. Es wird Wochen dauern, und wenn ich damit fertig bin, werde ich wohl wieder von vorn anfangen müssen. Der Spruch «Zeit ist Geld» gilt für mich nicht mehr. Davon habe ich dank der alten Dame genug. Die Wohnung putzt jetzt eine Hilfe, damit gebe ich mich nicht mehr ab. Meine Beschwerden sind alle verschwunden. Ich bin gesund und munter.

Der Suppenlöffel, den ich gerade bearbeite, wird immer blanker. Jetzt kann ich sogar mein Gesicht darin sehen. Ich bin glücklich.

5 Welke Blätter

Kurz vor Weihnachten stellte mir meine Familie die unvermeidliche Frage: «Was ist denn nun? Kommt er oder kommt er nicht?»

«Er kommt», sagte ich, was einstimmiges Geseufze hervorrief.

Unser unvermeidlicher Weihnachtsgast, der Nennonkel Max, war noch ein Relikt aus der Nachkriegszeit, die ich mit einem Dutzend anderer Kinder und vielen Nenntanten und -onkeln aller Altersstufen, weit ab vom Schuss auf einem heruntergekommenen Gutshof mit meiner Mutter verbracht hatte. Nach Flucht und Vertreibung, nach Bombenangriffen und Tieffliegerbeschuss waren wir, wie es uns vorkam, in einem Paradies gelandet, wenn auch in einem drangvoll engen, zumindest was die Unterkunft betraf. Das alte Gebäude platzte aus allen Nähten. Aus jedem Zimmerfenster ragte ein Ofenrohr ins Freie, im Sommer waren die niedrigen Räume stickig und staubig und im Winter Wände und Fenster mit Eisblumen verziert. Das Essen war knapp, die zusammengestoppelte Kleidung vogelscheuchenähnlich, das Schuhwerk entweder zu groß, so dass es mit Papier ausgestopft werden musste, oder zu klein, so dass Leder und Zehen sich beulten. Erst im Sommer hatten die Füße die Möglichkeit, sich ein wenig zu erholen. Dafür waren sie dann anderen Unbilden ausgesetzt wie Glasscherben, Brennnesseln, Dornen, Stacheldraht und Stoppeln. Doch wurden wir mit etwas heute längst Verlorengegangenem belohnt, einer unzerstörten Natur. Früh weckten uns unzählige Vogelstimmen, allen voran die Lerchen, wir sahen zu, wie die Schwalben ihre Jungen fütterten, die Kiebitze über den Wiesen Kobolz schossen, um uns von ihren Nestern abzulenken, und der Habicht eine Taube schlug. Die Nächte waren erfüllt vom Zirpen der Grillen, dem Konzert der Frösche, dem leisen Piepen der ums Haus streichenden Fledermäuse. Wenn wir uns aus dem Fenster beugten, glitzerten Büsche und Gras von Glühwürmchen. Die Natur bot die schönsten Spielplätze, und unsere Phantasie konnte sich ungestört entfalten. Es gab einen flachen See zum Herumplantschen im Sommer und zum

Schliddern im Winter, denn Schlittschuhe besaßen wir natürlich nicht, Kletterbäume in allen Höhen und Größen und viele Tiere. Die trösteten uns, wenn wir unglücklich waren, wuschlige Entenküken, junge Katzen und Hunde und zottlige, ungeschlachte Kaltblüter auf den Koppeln, die es sich gutmütig gefallen ließen, wenn wir ihnen beim Reiten mit viel Geschrei unsere nackten Hacken in den Bauch bohrten. Wenn einen das Heimweh wie ein Heuschnupfen überfiel, konnte man das Gesicht in ihrem Fell verstecken und ein bisschen weinen, während sie ein beruhigendes Schnauben von sich gaben. Es gab zum Versteckspielen eine große Scheune, gefüllt mit Stroh und Heu, und Balken, auf denen man balancieren konnte. Wir Flüchtlingskinder waren eine ziemliche Rasselbande und im Dorf nicht sehr gelitten. Wir wuselten überall herum, erschreckten die Kühe während des Melkens und erweckten den Neid der dörflichen Spielkameraden, die im Gegensatz zu uns feste Pflichten hatten und auf den kleinen Höfen ihrer Eltern schon ordentlich ranmussten.

Wenn an den Sonntagnachmittagen die Erwachsenen bei Muckefuck und Sirupstullen die verrücktesten Zukunftspläne schmiedeten, versuchten wir, die Kriegserlebnisse auf unsere Weise zu verarbeiten. Wir lieferten uns hitzige Gefechte mit Knüppeln, schrien «Dawei, dawei!» und imitierten zum Sturzflug ansetzende Tiefflieger, was die von keinen psychologischen Kenntnissen angekränkelten Erwachsenen empörte. «Habt ihr nichts Besseres im Kopf, als Krieg zu spielen?» Sie murmelten etwas von «ohne Zucht keine Frucht», und die Mütter fackelten nicht lange, wenn ihnen der Sinn danach stand. Das tat er den Geplagten ziemlich häufig, denn sie mussten uns allein erziehen. Unsere Väter waren in Gefangenschaft, verwundet, gefallen oder, wie mein Vater, vermisst. Ihre Generation war unter den Flüchtlingen so gut wie nicht vertreten, fast nur Männer im Großvateralter. Onkel Max hingegen war eine Ausnahme. Er sah aus, als wäre er einem germanischen Zuchtprogramm entsprungen, und wirkte selbst in seiner schäbigen, umgefärbten Uniform mit den zu kurz gewordenen Ärmeln, als hätte er einen hohen Rang bekleidet. Man tippte auf Held und Ritterkreuz, zusammen mit erstklassiger Herkunft. Onkel Max ging nicht, er schritt. Und die Art, wie er eine Frau begrüßte und sich dabei über ihre Hand beugte, war von höfischer Elegance. Außerordentlich wirkungsvoll war auch die Geste, mit der er, mit scheuem Lächeln und innigen Blicken aus seinen etwas milchigen blauen Augen, seine Haartolle aus dem Gesicht strich. «Ein richtiger Fatzke», murmelte mein Freund Erwin, dem ein Granatsplitter das rechte Ohr gekürzt hatte, wenn er beobachtete, wie der Nennonkel alle Augenblicke lang seinen Taschenspiegel herausholte, um sich mit zufriedenem Lächeln verstohlen darin zu mustern.

Leider war Onkel Max nicht nur ein Fatzke, er war auch ein Rosstäuscher und Drückeberger, was ihm in späteren Jahren sicher mehr Beifall eingebracht hätte als in dieser Zeit und was bei ehemaligen Kriegsgefangenen, Kriegsversehrten und Flüchtlingen nicht gerade Begeisterungsstürme auslöste. Deshalb vermied er auch, sich bei den bohrenden Fragen der anderen Männer, an welchen Frontabschnitten er denn gekämpft habe, festzulegen, sondern sprach vage von geheimen Missionen und sehr gefährlichen Sonderkommandos, die ihm, so blühend wie er aussah und so gut im Futter, wie ein älterer Herr ironisch bemerkte, außerordentlich gut bekommen sein mussten. Auch seine Herkunft blieb im Dunkeln, obwohl sich das Gerücht, er stamme aus sehr gutem Stall, bei den Frauen hartnäckig hielt. Er murmelte etwas von einem Schloss in Ungarn, was kaum nachprüfbar war.

Natürlich war Onkel Max Hahn im Korbe, und unter den jüngeren Frauen entstand ein verstohlenes Gerangel um ihn, an dem auch meine Mutter nicht ganz unbeteiligt war. Wie die meisten Frauen in dieser Zeit, ließ sie sich nicht anmerken, wie ihr wirklich zumute war. Der harte Alltag eignete sich wenig zum Jammern, zu sehr war jedermann damit beschäftigt, das Leben zu bewältigen. Dazu gehörte auch, Kartoffeln und Rüben zu stoppeln, Pilze und Brombeeren zu sammeln. Nur in den Nächten hörte ich sie manchmal leise weinen. Meine Mutter war damals Anfang dreißig, ein Typ wie Ilse Werner, eine in jenen Jahren sehr beliebte, quicklebendige Filmschauspielerin, die viel Furore mit ihrem Pfeifen machte. Dem ein paar Jahre jüngeren Onkel Max schien meine Mutter sehr zu gefallen. Jedenfalls pirschte er sich langsam an sie heran oder, wie Freund Erwin sich ausdrückte: «Der Fatzke balzt.» Die Sympathie des neuen Onkels zu mir hielt sich dagegen sehr in Grenzen, was auf Gegenseitigkeit beruhte.

«Schlappes Kerlchen», murmelte er vor sich hin, wenn ich mich weigerte, ihm beim Holzhacken zu helfen. «Warst wahrscheinlich nicht mal Schaftführer.»

«So wenig wie du General», sagte ich, von Erwin aufgehetzt, keck, aber mit etwas zittriger Stimme und hätte mich nicht gewundert, wenn er mir eine gelangt hätte. Doch das tat er nicht. Die Hand rutschte ihm nie aus, auch nicht bei den anderen Jungen. Schlagen lag ihm nicht. Sticheln hingegen konnte er in Perfektion, was er allerdings vermied, wenn meine Mutter in der Nähe war. Seine Bemerkung, ich hinge noch viel zu sehr an ihrem Rockzipfel für mein Alter, war nicht gut angekommen. Meine Mutter hatte ihn angefunkelt und gesagt: «Ich bin froh, dass er noch einen hat, nach dem, was hinter uns liegt.»

Aber auch ich hatte ein Mittel, um ihn zu ärgern: meinen vermissten Vater. Ich strich ihn bei jeder Gelegenheit heraus, und meine Mutter nickte jedes Mal dazu und sagte ernst: «Ja, so ist er.» Onkel Max hörte sich unsere gemeinsamen Lobesarien über den Vermissten mit einem etwas starren Lächeln an, warf meiner Mutter einen schmachtenden Blick zu und säuselte: «Aber welch ein Glück auch für den Kameraden, solch eine Frau zu besitzen – und so einen reizenden Daumenlutscher», was mich natürlich wieder in Rage brachte.

Gelegentlich verschwand er für einige Tage, um sich, wie er sagte, nach einer Arbeit umzusehen, und kam höchst gut gelaunt auf seinem klapprigen Fahrrad wieder zurück. Erwin behauptete, er habe eine Flamme in der Stadt, eine Witwe, der das Café am Platz gehörte. Doch da hatte ich so meine Zweifel. Erwin war dafür bekannt, dass er mächtig übertrieb.

Seine Mutter und meine Mutter waren inzwischen dicke Freundinnen geworden. Sie trösteten sich gegenseitig, lästerten über die anderen und teilten alles schwesterlich. Vom Aussehen hätten sie nicht gegensätzlicher sein können. Meine dunkelhaarige, eher etwas vollschlanke, behände Mutter und sie, eine ziemlich knochige, weizenblonde Schönheit mit räkelnden Bewegungen und Schlafzimmerblick, an deren Lippen ständig eine silberne Zigarettenspitze mit selbst gedrehter Zigarette hing.

Der Herbst kam, und neben Pilzen, Bucheckern und Nüssen gab es jetzt auch Brombeeren, die sich die Flüchtlinge gegenseitig streitig machten. Unsere beiden Mütter waren beim Sammeln am erfolgreichsten. Aber sie hüteten ihr Geheimnis und verrieten nicht einmal einander ihre Fundstellen.

Erwin kam auf die Idee, in Sachen Brombeeren doch einmal einen Vorstoß in das ans Haus grenzende Tannenwäldchen zu machen, dessen Betreten uns streng verboten war. Angeblich sollte dort noch jede Menge Munition herumliegen, die ab und an, wie Onkel Max behauptete, durch das Wild zur Explosion gebracht wurde. Als er unser Vorhaben spitzkriegte, zeigte er, der sich sonst sehr wenig um uns kümmerte, plötzlich größte Besorgnis und schilderte uns in grausigen Bildern, wie ein von einer Handgranate zerfetzter Körper aussieht. Doch mehr als die Munition machte uns Kindern Angst, dass es dort offensichtlich spukte. Spätabends hörten wir, wenn wir mal nicht einschlafen konnten, manchmal Stimmen und merkwürdiges Lachen, und außerdem war am Rande des Wäldchens das Skelett eines amerikanischen Piloten entdeckt worden, aus dessen Augenhöhlen das Gras wuchs. Die dringliche Warnung des Onkels und das Gezeter der Mütter brachten uns von unserem Plan ab.

Es waren wundervolle Wochen. Unsere beiden Mütter waren, wie Erwin sich ausdrückte, richtig gut drauf. Es wurde viel gelacht und herumgealbert, und die traurigen Gedanken, wozu auch die an unsere Väter gehörten, schienen ein bisschen vergessen zu sein. Einmal, als ich früh aufwachte, sah ich meine Mutter auf der Erde herumkriechen.

«Was machst du denn?», fragte ich schlaftrunken.

«Ich habe meinen einen Ohrring verloren. Zu ärgerlich, wirklich.»

Die Ohrringe, die sie trug, waren das letzte Weihnachtsgeschenk meines Vaters gewesen, und so war der Verlust besonders schmerzlich. Und, Duplizität der Ereignisse, Erwins Mutter vermisste plötzlich ihre silberne Zigarettenspitze, auch ein Geschenk ihres Mannes, wie sie sagte. Beide Mütter stellten alles auf den Kopf, aber Ohrring und Zigarettenspitze blieben unauffindbar.

«Wahrscheinlich geklaut», sagte Erwins Mutter und klaubte sich mit angewidertem Gesicht einen Tabakkrümel von der Unterlippe.

«Einen einzelnen Ohrring? Kann ich mir nicht denken», meinte meine Mutter.

Der November kam, und die Stimmung

wurde gedämpfter. Onkel Max sah häufig grübelnd vor sich hin, und ich hörte ihn murmeln: «Welke Blätter werden niemals wieder grün.»

In diesem Jahr kam der Winter zeitig. Bereits Anfang Dezember fror die Pumpe auf dem Hof ein, weil man vergessen hatte, sie rechtzeitig mit Stroh zu umwickeln. Ein netter Mensch hatte uns mehrere Bände von Karl May geschenkt, und Erwin und ich fühlten uns stark und mutig wie Old Shatterhand und Winnetou. Bewaffnet mit einem Flitzbogen und zwei rostigen Küchenmessern, die wir in einem Schuppen gefunden hatten, beschlossen wir, koste es, was es wolle, das Tannenwäldchen zu durchstreifen, das jetzt im Raureif nicht mehr so unheimlich aussah. Wir hatten einen ziemlich breiten Trampelpfad entdeckt, der sicher ungefährlich war, denn sonst wäre er nicht offensichtlich häufiger benutzt worden. Die Augen fest auf den Boden gerichtet, pirschten wir uns, wenn auch mit etwas mulmigem Gefühl, vorwärts. Am Ende des Pfades stießen wir auf eine kleine Lichtung, auf der eine halb zerfallene Jagdhütte stand. Wir schnüffelten darin herum und entdeckten einiges, was wir gut gebrauchen konnten, eine

Tabakspfeife, Streichhölzer, eine Petroleumlampe, in der sich sogar noch etwas Petroleum befand, eine Kaffeemühle, ein Glas vertrockneter Brombeeren, und dann sah Erwin etwas in der Dielenritze glitzern. Es war die silberne Zigarettenspitze. Und als ich mich auf das verstaubte Sofa setzte und automatisch, wie ich es mir angewöhnt hatte, mit der flachen Hand in alle Ritzen fuhr, zog ich plötzlich den Ohrring heraus. Kein Zweifel, unsere Mütter hatten, jede für sich, an den stattlichen Brombeerbüschen, die die Hütte umgaben, ihre Eimer gefüllt und sich hinterher hier ausgeruht. «Nun haben wir wenigstens ein Weihnachtsgeschenk», sagte Erwin zufrieden.

Überglücklich rannten wir nach Haus. Dort war inzwischen große Aufregung. Onkel Max war verschwunden, und das Einzige, was er hinterlassen hatte, waren wenige Worte: «Macht's gut, ich komm nicht mehr zurück.»

«Hat er jemals was zu dir gesagt, dass er weggehen will und warum?», fragte mich meine Mutter.

Ich überlegte. «Nee. Er hat nur ein paarmal vor sich hingemurmelt: ‹Welke Blätter werden niemals wieder grün.›»

Die beiden Mütter sahen sich verdutzt an.

«Begreifst du, was er damit meint?», fragte eine die andere, und sie zuckten abwechselnd die Schultern.

Die Weihnachtszeit kam, wir flochten alle gemeinsam einen Adventskranz, und die Mütter sprachen viel und innig von ihren Männern, unseren Vätern. Hinterher kratzte sich Erwin nachdenklich den kurz geschorenen Kopf. «Was spinnt sich meine Alte da bloß zusammen? Ich denke, ich bin unehelich.»

Dann war Heiligabend, und jeder hatte ein bisschen dazu beigetragen, Lametta beschafft, Kerzen eingetauscht und eine Tanne organisiert, wie man das Klauen damals nannte. Die Geschenke waren der Zeit entsprechend. Ich bekam ein Paar streng riechende schafwollene Socken, Erwin eine aus Wollresten zusammengestoppelte farbenprächtige Pudelmütze, meine Mutter pfiff, von unserem Gesang begleitet, kunstvoll «Stille Nacht, heilige Nacht», und dann überreichten Erwin und ich unsere Geschenke. Sie schlugen voll ein. Die Mütter waren überglücklich, wollten aber natürlich genau wissen, wo wir beides gefunden hatten. «Na, im Tannenwäldchen», sagte ich. «In so 'ner kleinen Hütte. Da wart ihr heimlich zum Brombeerpflücken, hab ich Recht? Sind 'ne Menge Büsche in der Gegend.»

Ich bemerkte voller Staunen, dass die Mütter mir gar nicht mehr richtig zuhörten. Sie sahen einander mit so wütenden Gesichtern an, dass mir angst und bange wurde und ich einen Augenblick lang dachte: Jetzt gehen sie aufeinander los. Warum, war mir allerdings schleierhaft. Aber Gott sei Dank taten sie das nicht. Meine Mutter murmelte bloß: «Welke Blätter.»

«Was 'n für Blätter?», wollte ich irritiert wissen.

Meine Mutter sah mich an. «Ich meine die Brombeerblätter.»

«Brombeeren gibt's ja im Moment nu wirklich nicht.»

Das fand Erwins Mutter wohl komisch. Jedenfalls fing sie an zu kichern, und dann lachten beide lauthals los, so dass mein Freund und ich es vorzogen, das Zimmer zu verlassen. Erwin tippte sich an die Stirn. «Wahrscheinlich Schnaps, schwarzgebrannter. Und dabei ist gerade neulich wieder einer draufgegangen.» Ich nickte weise.

In den Jahren danach entwickelte die bis dahin gemächlich dahinschlendernde Zeit plötzlich ein rasendes Tempo. Meine Mutter und ich zogen um, eine neue Umgebung, neue Freunde, Gymnasium, Universität, Beruf, eigene Familie, zwei Kinder und dazwischen ein bisschen Studentenleben und sonstiger Ringelpiez, wie Onkel Max es genannt hätte.

Mehr als zehn Jahre ist es inzwischen her, dass mir der Onkel noch einmal über den Weg lief, kein Jung-Siegfried mehr, aber im Großen und Ganzen durchaus noch wiedererkennbar, Beruf und Herkunft nach wie vor im Dunkeln, Junggeselle durch und durch. Ich traf ihn kurz vor Weihnachten vor einem Schuhgeschäft in der Innenstadt. Wir tranken ein Bier zusammen, und ich lud ihn, ohne viel zu überlegen, zum Heiligabend ein. Meine Familie zeigte sich wenig begeistert. «Wir kennen doch diesen Menschen gar nicht, und du hast auch nie von ihm erzählt.»

Sie hatten Recht. Aber es ließ sich nun nicht mehr ändern, auch wenn ich inzwischen meine Einladung bereute. Doch Onkel Max meisterte die etwas unterkühlte Stimmung mit Bravour. Es gelang ihm, zumindest anfangs, meine Frau für sich einzunehmen. Er strich sich wie früher die inzwischen ergraute Haartolle aus der Stirn und warf ihr schmachtende Blicke zu. Doch bald fand sie ihn reichlich schmierig. «Irgendwie», sagte sie, «na, du weißt schon. Ein bisschen verludert.» Trotzdem kam er von da an Jahr für Jahr, und jedes Mal gab es vorher Protest. Die Meinung über ihn blieb widersprüchlich. Mal fanden wir ihn ganz nett, meist einfach grässlich.

Im letzten Jahr ist er dann kurz vor Weihnachten plötzlich gestorben, und zu meinem Erstaunen hat er mir am Heiligabend zum ersten Mal richtig gefehlt, dieser merkwürdige Mensch, den ich meiner Familie und mir jahrelang aufgehalst hatte – wahrscheinlich, weil er noch ein Überbleibsel aus meiner Kindheit auf dem Lande war, wo wir auf freier Wildbahn herumtoben konnten und darüber die Schrecken des Krieges vergaßen. Aber vielleicht war es auch die Erinnerung an meine Mutter, der er, wenn auch nur für kurze Zeit, geholfen hat, sich aus einem Trauerkloß wieder in das von mir vermisste muntere Wesen von früher zu verwandeln.

6 Das fünfte Rad am Wagen

Lieschen wurde noch in einer Zeit geboren, als man von der Natur stiefmütterlich behandelte Mädchen gern als jederzeit verfügbare, unverwüstliche Putzlappen ansah, in der festen Überzeugung, diesen Geschöpfen damit etwas Gutes zu tun, denn so zählten sie ganz zur Familie und waren nicht verloren und verlassen einer grausamen Welt ausgeliefert. Lieschens Schicksal wurde bereits am Wochenbett entschieden, als sich ihre Großmutter über sie beugte und ein eher feststellendes als bekümmertes «Ach herrje!» ausstieß. Tatsächlich war Lieschens Kopf ein wenig zu groß geraten und ein Beinchen etwas länger als das andere, wahrscheinlich durch eine schiefe Wirbelsäule hervorgerufen. Dazu fehlte noch der kleine Finger am linken Händchen. Doch ihre aufmerksam und wach in die Welt blickenden Augen und ihr strahlendes Säuglingslächeln entschädigten zumindest ihre Mutter für den

Schreck. Auch sagte der Arzt beruhigend: «Wächst sich alles aus.»

Das tat es allerdings nicht.

Das kleine Lieschen steckte voller Lebensfreude, die jedoch von ihrer Umgebung nicht gerade gefördert wurde. Hatte dieses Kind doch nur eins zu sein: dankbar. Die Einladung von Onkel und Tante «Du darfst in den Sommerferien ein paar Wochen zu uns kommen» bedeutete für Lieschen, Ärmel hochkrempeln und in Haus und Küche, Garten und Keller fleißig zur Hand gehen. Das brachte ihr zwar kein Extrataschengeld ein, aber das Lob «Bist ein liebes Kind» und gutes Essen. Trotz ihrer Rückgratverkrümmung war sie recht flink und von Natur aus hilfsbereit. Während Vettern und Kusinen sich ihrem Alter entsprechend lieber bei Freunden aufhielten oder ihren Vergnügungen nachgingen, stand sie ihren Gastgebern zur Seite, wo immer es nötig war. Gehorsam folgte sie dem ständigen Ruf: «Lieschen, kommst du mal? Fasst du mal mit an? Trägst du mal? Holst du mal?» Beim Abschied streichelte man sie, gerührt über sich selbst, und sprach zueinander: «Hat sie sich nicht prächtig erholt?»

«Jetzt», sagte der Onkel milde, «wird sie zu

Haus morgens gut aus dem Bett kommen.» Was stimmte. Denn dort durfte Lieschen eine Stunde länger schlafen.

Schulzeit und Berufsleben – sie war Sachbearbeiterin bei der Müllabfuhr – gingen dahin. Der Urlaub und die Wochenenden standen selbstverständlich weiterhin im Dienste der Familie, die sich inzwischen nicht nur stark vergrößert hatte, sondern auch zu beachtlichem Wohlstand gelangt war.

Lieschen war Mädchen für alles. Sie half bei Konfirmationen, Taufen und Hochzeiten, schleppte bei Umzügen Kisten und Kasten, pflegte, hütete und sprang ein, wo es erforderlich war, zum Nutzen der Verwandtschaft, die nie vergaß zu betonen, wie glücklich sie doch sein müsse über ihre Unentbehrlichkeit in der Familie. «Was täten wir ohne Lieschen» war ein oft gehörter Satz, an den sich allerdings meist eine mit «Na ja» beginnende Mäkelei anschloss. Ihre Kochkünste waren bescheiden, ihr Geschmack scheußlich, ihre Kleidung altmodisch und ihr Hang zu duftigen Strohhüten und Rüschenblüschen grotesk. Mit Ratschlägen ging man sehr freigiebig um. «Du musst dich unbedingt besser halten. Du brauchst dringend einen anderen Haarschnitt. Diese

Brille ist einfach unmöglich. Du solltest mehr auf deine Figur achten.»

Aber erstaunlicherweise ließ Lieschen sich ihre gute Laune dadurch nicht verderben und hielt sich keineswegs für ein Aschenputtel. Das fünfte Rad holperte überall heiter mit. Sie musste fast sechzig werden, bis ihr das Schicksal etwas Köstliches bescherte, das ihr bis dahin versagt geblieben war: eine wirklich wichtige Person zu sein. Diese Gabe lag sozusagen unter dem Weihnachtsbaum eines frisch verheirateten Neffen, dem sie beim Umzug geholfen hatte. Weil es billiger kam, als ihr dafür ein großes Geschenk zu machen, hatte das Paar sie zu Weihnachten eingeladen. Das würde für dieses unbedarfte Geschöpf sicher eine große Freude bedeuten, wenn es auch für die jungen Eheleute, die der Zweisamkeit noch den Vorrang gaben, eher ein Opfer war. Leider blieb Lieschen nicht das einzig Lästige an diesem Abend. Außer ihr bescherte den beiden das Weihnachtsfest ein nachträgliches Hochzeitsgeschenk vom Chef des Neffen – eine Hand voll Hund von edelstem Geblüt mit dem Aussehen einer überdimensionalen Fledermaus. Es war ein sehr nervöses, zittriges Tier, das sich als Erstes in die Ehebetten flüchtete und den Hausherrn bei dem Versuch, es daraus zu entfernen, kräftig biss. Aus dem stillen, besinnlichen Weihnachtsfest wurde ein turbulenter Abend, ganz im Zeichen dieses Rassehundes, der sehr schnell von einem kurzen «Ach, wie süß» zu einem «elenden Köter» herabgestuft wurde. Er stürzte sich, anscheinend in selbstmörderischer Absicht, in den Weihnachtsbaum und brachte dort fiepend und raschelnd den Baum zum heftigen Nadeln, weil er mit dem Halsband hängen geblieben war. Er biss der teuren handgeschnitzten Figur des Josef den Kopf ab und hinterließ in jedem Zimmer Spuren, die von einer gut funktionierenden Verdauung sprachen.

Das junge Paar war verzweifelt. Sie hatten nach Weihnachten einen Urlaub in den Bergen geplant, aber dieses ungezähmte, wilde kleine Etwas konnten sie unmöglich ihrer Putzfrau zumuten. Der Gedanke, das Tier dem Züchter wieder zurückzugeben, wurde sofort verworfen. Der Chef des jungen Mannes war sehr empfindlich. Er würde das als Affront auffassen, und der Neffe setzte damit seine Karriere aufs Spiel. Glücklicherweise gab es ja noch Lieschen, und so mühte man sich um sie. Zum ersten Mal erkannte sie ihre Chance. Sie sagte nein. Sie sei ja berufstätig, und schließlich könne man so ein junges Tier nicht allein in der Wohnung lassen. Aber Lieschen war noch ungeübt im Neinsagen. Ein Frühstück, eigenhändig vom Hausherrn ans Bett gebracht, ein interessiertes Zuhören bei ihren zum Einschlafen langweiligen Bürogeschichten, eine Einladung zum Mittagessen in einem Nobelrestaurant genügten, um sie gefügig zu machen. Mit dem Weihnachtsgeschenk, dem man vorsichtshalber eine halbe Schlaftablette gegeben hatte, in einer vorübergehend zweckentfremdeten Reisetasche zog Lieschen davon, von vielen Dankesworten begleitet.

Doch nicht nur der Neffe dankte es ihr. Auch der Hund zeigte sich in ihrer Wohnung von der angenehmsten Seite. Er benagte weder Stuhlbeine noch Gardinen, kuschelte sich gehorsam in ein Strohkörbchen, wo er still und zufrieden an einem ausrangierten Pantoffel kaute, oder schlief sanft und friedlich auf ihrem Schoß, während sie vor dem Fernseher saß und wie immer feststellte, dass sie bei jedem Quiz weitaus besser als die Kandidaten war.

Als ihr Neffe den Hund wieder abholte und ihn diesmal ohne Schlaftablette ins Auto tragen konnte, flossen ihm die Dankesworte nur so von den Lippen, und sein Lob machte auch in der Familie die Runde, nachdem er festgestellt hatte, dass aus einem Irrwisch ein freundliches, friedliches Hündchen geworden war. Die Verwandtschaft war beeindruckt, und Lieschen rückte in ihrer Werteskala ein großes Stück nach oben. Von nun an umtanzte man sie in der Hoffnung, auch das eigene Haustier während der Urlaubszeit bei ihr unterzubringen. Bald konnte sie sich vor Nachfragen kaum retten, und ihre kleine Wohnung glich einer Art Arche Noah, in der es pfiff, sang, miaute, bellte und piepte. Gestreifte Mäuse, Laubfrösche, Kanarienvögel, ja sogar Ratten ließen ihr kaum noch Raum für die eigenen Bedürfnisse. Doch trotz der drangvollen Enge herrschte Burgfrieden.

Ein paar Jahre später ging sie in Rente und zog in eine größere Wohnung. Zunächst waren die Mieter über ihre neue Nachbarin nicht sehr erfreut, die sich anscheinend eine Art Zoo hielt, in dem es ziemlich geräuschvoll zuging. Aber diese Haltung änderte sich schnell, als Lieschen sich anbot, gern auch ihre Tiere in Pflege zu nehmen, und das kostenlos, wie sie es nannte. Lieschen hatte ihre Grundsätze.

Geld nahm sie nicht, jedenfalls nicht einen vorher vereinbarten festen Preis. Dafür stand auf dem Flurtischchen eine stattliche Glasvase, in die man, wenn man wollte, diskret ein Scheinchen stecken konnte, wobei der Anstand es erforderte, dass man, wenn auch leicht zusammenzuckend, sich an der Höhe des vorangegangenen Obolus maß.

Lieschens Bedeutung wuchs rapide, als man in der Gesellschaftsspalte der Tageszeitung einen Bericht über sie lesen konnte. Und so war es in Kürze einfach in, sein Tier bei ihr unterzubringen. Bald war sie ein Geheimtipp unter der Prominenz, deren Lieblinge, wenn man sie allzu häufig von Hotel zu Hotel mitgeschleppt hatte, gewisse neurotische Verhaltensweisen zeigten: nicht mehr stubenrein waren, den Portier bissen oder, wie es bei einem bekannten Schauspieler mit seinem Dackel passierte, sich platt auf Zebrastreifen legten und sich weder durch das zornige Hupen der Autos noch durch schneidende Befehle von der Stelle rührten. Anfänglich hatte sich der Hauswirt ein wenig ungnädig gezeigt und von Zweckentfremdung ihrer Wohnung gesprochen. Aber auch diese Klippe hatte Lieschen mit einer stattlichen Summe mühelos umschifft. Rüschenblusen und merkwürdige Hüte trug Lieschen längst nicht mehr, sie bevorzugte Chanel und Yves Saint Laurent, und der Haarschnitt eines Meisters ließ ihren Kopf kleiner erscheinen. Mit Hilfe regelmäßiger Krankengymnastik und diskreter Einlagen überspielte sie zudem ihr defektes Rückgrat und das zu kurze Bein, so dass man halb gönnerhaft, halb missbilligend in der Familie feststellte: «Lieschen hat sich ja mächtig herausgemacht.»

Das Beste jedoch kam ganz unverhofft: Lieschen wurde das Glück einer schönen runden Rache zuteil. Denn die Männerstimme am Telefon, die ihr unbedingt eine Katze aufschwatzen wollte, brachte längst Vergessenes wieder zurück. Es war die Stimme eines mehr als zehn Jahre älteren Nennonkels, in den sie sich mit sechzehn zum ersten Mal in ihrem Leben bedingungslos verliebt hatte. Der Onkel schätzte junge Mädchen über alles, und davon bekam auch Lieschen ein bisschen was ab, auch wenn sie nicht gerade dem Schönheitsideal eines jungen Mannes entsprach. Vor allen Dingen schmeichelte ihm ihre glühende Verehrung, und es machte ihm Spaß, die Glut mit intensiven Blicken, versteckten

Andeutungen und mit wie zufälligen Berührungen zu schüren, was in der Familie teils schmunzelnd, teils indigniert zur Kenntnis genommen wurde. Mal abgesehen davon, dass es sich nicht schickte, diesem armen Kind den Kopf zu verdrehen, war es nun auch zu nichts mehr zu gebrauchen, und das gerade vor Weihnachten, wo es so viel zu tun gab. Anstatt wie gewohnt den Christbaum von unten ein wenig zu kürzen, damit er ins Zimmer passte, schnitt sie in großer Konfusion zu viel von der Spitze ab und zerstörte damit das Gleichmaß der Tanne. Sie kicherte albern im Weihnachtszimmer herum und befestigte die Kerzen so achtlos, dass sie bereits beim Anzünden das Gleichgewicht verloren. Der Onkel betrachtete ihr verlegenes, tolpatschiges Tun mit Interesse, und plötzlich, während sie bemüht war, einige Schokoladenkringel an den Tannenzweigen zu befestigen, zog er sie an ihrem dicken Zopf sachte zu sich heran und flüsterte ihr zu: «Mein Lieschen, mein Lieschen, komm bitte mit», führte sie wie ein Pferd an der Trense in sein Zimmer, nahm sie in seine Arme und befahl ihr, die Augen zu schließen. Sie tat es mit seligem Ausdruck und legte den Kopf zurück, voller Erwartung.

Und dann, noch jetzt nach so vielen Jahren wurde ihr heiß und kalt vor Scham, spürte sie, wie eine sehr feuchte Zunge blitzschnell über ihr Gesicht fuhr. Verwirrt öffnete sie die Augen und sah den grinsenden Onkel mit seinem kleinen zappligen Foxterrier auf dem Arm. «Na, wie war dein erster Kuss?», fragte der Onkel, und Lieschen rannte hinaus und versteckte sich in ihrem Zimmer. Sie erzählte niemandem davon, und er hielt es diesmal auch für ratsam, sich nicht nach Stammtischmanier damit zu brüsten.

Inzwischen war er zweimal geschieden, jedes Mal einer Jüngeren zuliebe, und hatte sich nun an der Schwelle des Greisenalters in ein Geschöpf verliebt, das mit Kulleraugen und Schmollmund perfekt die Kindfrau spielte und großes Talent besaß, Geld mit vollen Händen auszugeben, so dass sein Vermögen ebenso schnell dahinschmolz wie die Liebenswürdigkeit seines Bankdirektors. Trotzdem hatte er es sich in den Kopf gesetzt, sie zu heiraten, und weil ihr Einverständnis nur mit einem großen Geschenk zu haben war, entschloss er sich, statt die Flitterwochen in Venedig zu verbringen, mit ihr eine Weltreise zu machen. Nun waren Weltreisen nicht gerade etwas, was die junge Geliebte aus dem Sattel warf. Das hatten ihr bereits seine Vorgänger reichlich geboten. Aber, nun gut, man würde sehen. Sie schürzte ihren Schmollmund noch mehr als sonst und gab ihm einen zarten Kuss – vielleicht war die Reise nach der großen Hochzeit und all den grässlich alten Menschen, die man dazu einladen musste, eine ganz angenehme Entspannung.

Doch als man schließlich beim Packen war, gab es plötzlich ein Hindernis, und das war ihre Katze Miriam, eine zugelaufene Angoramischung, die in heftigen Balgereien mit anderen Artgenossen ein Ohr verloren hatte und mit ihrer Angewohnheit, auf Türklinken zu springen, den Onkel ziemlich irritierte. Insgeheim dachte er, dass als Unterkunft eine Mülltonne noch für sie zu schade gewesen wäre. Aber natürlich schlug er ein feudales Tierheim vor. Doch seine junge Frau winkte ab. Für sie kam nur Lieschen in Frage, von der sie inzwischen so viel Gutes gehört hatte. Allerdings musste sie Lieschen erst einmal kennen lernen und Miriams Pflege gründlich mit ihr besprechen. Ihr Liebling war schließlich kein Allerweltskater.

Die Neuvermählten erschienen also bei

Lieschen. Des Onkels Verfassung ähnelte der von Lieschen vor vierzig Jahren. Seine Augen waren verzückt auf die junge Frau gerichtet, und er tätschelte ständig an ihr herum, was sie sichtlich langweilte. Lieschen gegenüber zeigte er sich überaus beflissen und sehr bemüht, jedes falsche Wort zu vermeiden. Doch das milderte ihre plötzlich wieder aufflammenden Hassgefühle nicht, wenn sie sich auch nichts anmerken ließ. Seine Frau lächelte Lieschen an. «Hübsch haben Sie's hier. Da würde ich selbst gern bei Ihnen ein Goldfisch sein oder eine Schildkröte.» Lieschen lächelte zurück. Was für ein bezauberndes Wesen. Dann wandte sich die junge Frau zu ihrem Mann: «Schatz, geh schon mal vor. Es ist noch einiges zu besprechen. Das langweilt dich nur.»

Schneller, als der Onkel gedacht, kam seine junge Frau in Lieschens Begleitung zum Auto.

«Na, seid ihr euch einig?», fragte er munter.

Lieschen warf ihm einen kühlen Blick zu. «Es tut mir Leid», sagte sie knapp, «aber ich kann eure Katze beim besten Willen nicht nehmen.»

Seine süßliche Freundlichkeit war wie weggeblasen, und man sah ihm deutlich an, was er dachte. «Der alten Kuh ist wohl die Prominenz zu Kopf gestiegen.»

«Ich bin allergisch gegen Angorahaare», sagte Lieschen ruhig.

Der Onkel vergaß jede Diplomatie. «Das ist ja das Neueste», sagte er in pampigem Tonfall. «In der Familie hat es sich jedenfalls noch nicht rumgesprochen.»

«Willst du ein ärztliches Attest sehen?»

Der Onkel verlor die letzte Contenance und tippte sich an die Stirn. «Komm», sagte er zu seiner Frau. «Wir werden schon was Passendes für Miriam finden. Das verspreche ich dir.»

Die junge Frau hatte dem Wortwechsel schweigend zugehört. «Viel Glück trotzdem», sagte Lieschen zum Abschied zu ihr, und beide tauschten verständnisvolle Blicke.

Das Tierheim, das der Onkel aussuchte, war wirklich exquisit, die Pensionsgäste wurden sogar von einem Tierarzt und einem Psychotherapeuten betreut. Trotzdem gelang es dem Onkel nicht, seine junge Frau auf der Reise bei Laune zu halten, und er gab schließlich seine Bemühungen resigniert auf. In Neapel erreichte das Paar die Hiobsbotschaft. Das feudale Tierheim war pleite. Sämtliche Tiere mussten woanders untergebracht werden. Für die Kindfrau gab es nun kein Halten mehr. Trotz Bitten und Flehen, trotz Krach, ja sogar Handgreiflichkeiten, sie blieb unerbittlich. Ihr kleines Juwel womöglich in fremden, rohen Händen, unmöglich! Sie brach die Reise ab, ohne den Onkel, und kam erst gar nicht mehr zu ihrem Ehemann zurück. So viel Unverständnis für die Liebe zu einem Tier, so viel Herzlosigkeit konnte man nur als seelische Grausamkeit bezeichnen. Die Scheidungskosten und der zu zahlende Unterhalt gaben dem Vermögen des Onkels den Todesstoß.

Lieschen trug man dieses Drama stückweise zu, denn sie war inzwischen längst für würdig befunden, an dem reichlich verbreiteten Familienklatsch teilzunehmen. Doch sie zeigte sich weniger überrascht als angenommen. Nicht einmal die Mitteilung, die Frischgeschiedene sei allein zur Seelenmassage in ein Sanatorium gefahren, wo sie sich doch sonst so mit dem Katzenvieh hatte, schien sie in Erstaunen zu versetzen.

Einen Tag vor Heiligabend besuchte sie eine Kusine mit einer weiteren Neuigkeit über den Onkel. Er hatte die Absicht, wieder zu heiraten. «Und rate mal, wie alt die Braut ist.»

«Wahrscheinlich noch eine Konfirmandin», sagte Lieschen trocken.

Die Kusine lachte. «Das Gegenteil. Sie ist fünf Jahre älter als er. Und einen Kropf hat sie auch. Aber dafür eine Menge Kies.»

Lieschen schien diese sensationelle Mitteilung nicht sonderlich zu interessieren. Sie war ganz damit beschäftigt, den Tisch hübsch zu decken und weihnachtlich zu schmücken. Die Kusine blickte enttäuscht und erhob sich. «Ich will dich nicht länger stören. Erwartest du jemand?» Lieschen nickte. «Na dann, frohes Fest.»

Zwei Stunden später klingelte es. Lieschen öffnete die Wohnungstür. Eine Angorakatze schob sich herein, strich ihr schnurrend kurz um die Beine und sprang dann auf einen ihr offensichtlich vertrauten Sessel. Ein Schmollmund gab Lieschen einen Kuss, und eine Kleinmädchenstimme sagte: «Da sind wir. Wir haben uns ja schon so auf dich gefreut.»

7 Das Weihnachtsmenü

Seitdem die Kinder aus dem Haus sind, verbringen wir den Weihnachtsabend allein. Nicht etwa, weil sie lieber mit ihrer eigenen Brut feiern wollen. Im Gegenteil, jedes Jahr versuchen sie, uns zu sich zu locken. «Eure Enkelkinder würden sich so freuen.» Selbstverständlich kommen sie, die in der gleichen Stadt wohnen, am Heiligabend kurz auf einen Sprung vorbei. Aber sie weigern sich entschieden, zum Abendbrot zu bleiben und sich gemeinsam mit uns das Weihnachtsmenü schmecken zu lassen. Sie lächeln mich an und schütteln sich bei dem Gedanken an die Zeit, als das noch für sie obligatorisch war. Auch unser ritueller Hinweis, dass uns vor fünfzig Jahren dabei das Wasser im Mund zusammengelaufen ist, macht es nicht besser. Doch für Moritz und mich ist es ein Stück Familiengeschichte und gehört zur Tradition, damit wir jene Zeit nicht vergessen, in der

Lungenhaschee eine Delikatesse war. Unsere Kinder sehen uns nachsichtig an. «Wir leben jetzt», sagen sie. «Nur die Gegenwart zählt. Eure alten Geschichten sind nur Sand im Getriebe.« Wenn wir von früher anfangen, bekommen sie prompt ihren leeren Blick und leiten über zu den süßen Enkelkindern, die wir doch sicher mal gern wieder für uns ganz allein hätten, wenn sie zum Skilaufen fahren.

Moritz – erst mein bester Freund, dann mein Stiefbruder und nun seit langem mein Mann – und ich sind echte Trümmerkinder, die nicht so schnell zu schockieren waren. Der Anblick von zerbombten Häusern, arm- und beinlosen Vätern war Alltag. Mein Vater war noch in den letzten Kriegstagen gefallen. Dafür war bei Moritz die Mutter abhanden gekommen, allerdings auf eine etwas andere Weise. Sie hatte sich, wie Moritz es ausdrückte, umverliebt und war einem Amerikaner gefolgt. Ich hauste allein mit meiner Mutter in einem mehr als zerlöcherten Haus, in dem noch viele Fenster mit Pappe vernagelt waren. Das Mobiliar beschränkte sich auf das Nötigste. Die bescheidene Garderobe hing an Nägeln, das gemeinsame Bett diente gleichzeitig als Kochkiste, und beim Platznehmen auf einem wackligen Stuhl war Vorsicht geboten. Das Gemeinschaftsklo befand sich auf halber Treppe und war, egal um welche Tageszeit, ständig besetzt. Gekocht wurde mit mehreren Parteien auf einem mit zwei Gasflammen ausgestatteten Herd. Wir Kinder kannten es nicht anders. In den meisten Familien ging es so zu, und die Mitteilung einer Mitschülerin, die damit prahlte: «Wir haben jetzt einen Schrank», konnte nicht mehr Bewunderung und Neid hervorrufen als heute die Verkündung: «Wir haben jetzt eine Yacht.»

Meine Mutter war ein angenehmer Mensch, meist guter Laune, mit einem ansteckenden Lachen, obwohl die Arbeit einer Trümmerfrau nun wirklich kein Zuckerlecken war. Wenn ich grämlich auf unserem Bett saß und herummaulte, weil ihr das bisschen Milch für mich wieder angebrannt war, sagte sie nur: «Wird schon werden», und fing an, von meinem Vater zu erzählen, den sie auch mir gegenüber Werner nannte. Werner war so und wieder so, aber vor allem ein ganzer Mann. Werner wusste alles, Werner konnte alles, Werner war voller Verständnis gewesen. Vielleicht nicht für alles, denn meine Mutter war, wie die Nachbarn sich ausdrückten, ein leichtsinniges Huhn, die, wenn sie mal was Essbares ergattert hatte, Fettlebe machte, anstatt sich um die Zukunft zu sorgen. Auch hinderte sie die Lobpreisung meines Vaters nicht daran, sehr vergnügt links und rechts zu kucken. Die Auswahl war allerdings gering und, wie sie sagte, zu viele Trauerklöße darunter. Sie strich mir übers Haar. «Wir kommen gut allein zurecht, oder?» Ich nickte zustimmend, zumal ich vaterloses Kind unter ihr nichts auszustehen hatte. Sie war keine ängstliche Mutter und ließ mich meiner Wege gehen. Nur pünktlich zu Haus musste ich sein, was nicht immer einfach war. Eine Uhr besaß ich nicht, und man musste mindestens zehn Leute fragen, bis man jemanden erwischte, der einem die Zeit nennen konnte.

Ich hatte in einem halb zusammengestürzten Haus einen kleinen Raum gefunden, der bis auf eine lose in den Angeln hängende Tür fast unversehrt war. Ich ergriff sofort von ihm Besitz, ungeachtet dass bei der winzigsten Erschütterung der Putz herunterrieselte, und baute mir meine eigene Welt auf. Wir Kinder waren wahre Schatzgräber, und so hatte ich bald zusammen, was eine gute Puppenmutter zum Spielen braucht: eine halb zerbrochene

Wiege, einen zerbeulten Puppenherd, einen angekohlten Korbstuhl, ja sogar einen Puppenwagen, wenn auch nur auf drei Rädern. Mit meinen beiden Puppen war ebenfalls nicht viel Staat zu machen. Ihnen ging es wie den Menschen. Hansi fehlte ein Bein, und Mausi hatte ihre Augen verloren. Die leeren Augenhöhlen bereiteten mir Unbehagen. Deshalb verband ich sie mit einem Stofffetzen. Beide waren sehr erziehungsbedürftig, und Strenge war angebracht, damit sie rechtzeitig lernten, was sich gehörte, eine Tugend, die meiner Mutter offensichtlich abging, jedenfalls nach Ansicht der Nachbarn. Was genau sich nicht gehörte, war mir unklar. Wahrscheinlich gingen ihnen ihre Albernheiten auf die Nerven. Mütter hatten ruhig und vernünftig zu sein. Der Ernst des Lebens gebot es ihnen.

Ich hatte es nicht immer leicht mit Mausi und Hansi. Sie machten noch gelegentlich ins Bett, liefen dauernd mit einer Schniefnase herum und waren beide rechte Heulsusen. Auch waren sie mäklig mit dem Essen, und die Gerichte, die ich ihnen zubereitete, schmeckten ihnen nicht. Dabei waren es alles Köstlichkeiten aus dem Reich meiner Phantasie,

Bienenstich, Sahnetorte und Erdbeeren, Vanilleeis, Kartoffelklöße mit Schweinebraten. Sie beklagten sich über das piksige Bett und den Geruch, den es ausströmte – nicht ganz zu Unrecht, denn das Bett war eine ehemalige Fußmatte, die schon viel erlebt haben musste und fürchterlich nach Katzen roch. Mit dem Lernen hatten sie nicht viel im Sinn und waren nicht in der Lage, zwei und zwei zusammenzuzählen.

An dieser Stelle mache ich eine kleine Pause, denn hier würde mich Moritz unterbrechen, und ich höre ihn förmlich ungeduldig sagen: «Du und die Puppen», wie ich in demselben Tonfall oft zu hören bekommen habe: «Du und die Kinder. Mach nicht so viel Grün drumrum. Komm endlich zu 'ner wichtigen Sache, zu mir.»

Ich sehe Moritz an, der zufrieden eine Weihnachtssendung im Fernsehen ankuckt, und sage: «Du, ich denke gerade daran, wie wir uns kennen gelernt haben. Weißt du noch? Du fielst schon damals, wie es deine Art ist, mit der Tür ins Haus, und das im wahrsten Sinne des Wortes. Fast hättest du mir Hansi und Mausi platt gemacht. Vor lauter Staub konnte man gar nichts mehr sehen. Und dann ...»

Er nickt begeistert. «… haben wir uns herrlich geprügelt.»

«Zwei dürre Kinder», bestätige ich, «die wie verrückt aufeinander eindroschen und sich beschimpften: Olle Zicke, doofe Nuss, bis du plötzlich auf die augenlose Mausi zeigtest, zu lachen anfingst und fragtest: ‹Spielt ihr blinde Kuh oder was?›» Worüber wir beide nach so vielen Jahren immer noch kichern müssen.

Wie in einem Weihnachtskalender öffnen wir Fenster für Fenster in unserem Gedächtnis und betrachten unsere Erinnerungen, teils vergnügt, teils mit Schauder.

Wir beide wurden unzertrennlich, und meine Mutter hatte nichts dagegen, dass er ständig bei uns herumhing. Jedoch mich einmal zu sich mitzunehmen zeigte er wenig Neigung. «Was ist denn mit deinem Vater?», fragte ich neugierig. «Schlägt er dich?»

«Bist du verrückt?» Er beulte sein rechtes Nasenloch mit dem Zeigefinger noch mehr aus als sonst. «Nee, so was tut er nicht. Er sitzt nur da und starrt vor sich hin.»

Ich merkte, es war besser, das Thema zu wechseln.

Dagegen war meine Mutter ganz nach seinem Herzen. Sie fand ihn süß: «Dein kleiner

Freund, richtig Zucker.» Und er lächelte halb geschmeichelt, halb verlegen. Irgendwann nahm er mich aber dann doch mit nach Haus. Ich hatte eine ähnliche Räuberhöhle wie bei uns erwartet. Aber ich war angenehm überrascht, was sich mir da präsentierte. Der Hausflur hatte noch schlimm ausgesehen, aber für damalige Verhältnisse war in der Wohnung selbst alles ziemlich picobello mit einer vollständig eingerichteten Küche, einem Wohnzimmer, einem Schlafzimmer und richtig verglasten Fenstern. Moritz' Vater stand am Herd und brutzelte etwas, was penetrant nach Lebertran roch. Ich musterte ihn verstohlen. Soweit ich sehen konnte, fehlte nichts. Kopf, Arme, Beine, Augen, Ohren, Nase, alles dran. Er drehte sich zu mir um, ernst, aber nicht unfreundlich. «Willste 'n Happen mitessen?»

Ich nickte und fragte geziert, wo ich mir vorher die Hände waschen könne.

«Na, so was», sagte er und deutete auf den Spülstein. Wenn er lächelte, sah er richtig nett aus. Moritz' Augen sahen mich an. «Kannst dir ein Beispiel an deiner Freundin nehmen», sagte der Vater zu ihm.

Das, was er da zusammengebraut hatte,

schmeckte besser, als es roch. Ich putzte alles weg und hätte am liebsten noch den Teller abgeleckt, aber das verkniff ich mir. Während des Essens versuchte er, mich ein wenig auszuhorchen. Eltern, Geschwister, Verwandte. Ich war sonst eher schüchtern, aber er hatte so was Beruhigendes, dass ich mich wohl fühlte. Ich redete munter drauflos, und am meisten sprach ich, natürlich ganz im Tonfall meiner Mutter, von Werner, dem Vater mit der Rose im Knopfloch. Schließlich stoppte mein Freund den Redefluss. «Haste Quasselwasser getrunken?»

Kaum zu Hause, ging die Aushorcherei wieder los, wobei Mutter allerdings nur sehr zerstreut zuhörte. Sie probierte gerade einen knallig roten Lippenstift aus, den Moritz später sehr an ihr bewunderte. «Klasse, deine Mutter.»

Irgendwie ärgerte mich das. «Dein Vater ist auch in Ordnung.»

Er zuckte die Achseln. «Wenn du meinst.»

Der Winter kam und mit ihm ein eisiger Ostwind. Ich hielt mich jetzt mehr bei Moritz auf, denn in dessen Wohnung gab der Kanonenofen sehr viel mehr Hitze, während unserer nur grämlich vor sich hin paffte, weil wir ihn mit zu nassem Holz gefüttert hatten. Dafür hatte ich Mausi und Hansi wieder bei uns einquartiert. Sie froren weniger als ich. Sie steckten beide bis zum Hals jeder in einer halb aufgeribbelten Socke.

Moritz gibt einen Seufzer von sich. «Nicht schon wieder diese Puppen. Komm endlich auf unseren ersten gemeinsamen Heiligabend.» Auf den war er nämlich besonders stolz. Er war ein As im Organisieren. Die endlose Schlange vor dem Schlachter, wo es Pferdefleisch gab, erschreckte ihn nicht. Er setzte auf seinen treuherzigen Hundeblick, mit dem er sich nach vorne drängelte. Und so hatte er auch kurz vor Weihnachten das Glück, ein Stück Lunge, aus dem sein Vater Haschee machen wollte, zu ergattern. Mutter und ich wurden zu diesem Festessen eingeladen. «Na», sagte meine Mutter vergnügt und rieb sich ihre erfrorenen Zehen. «Dann danken wir auch schön.» Und später zu mir: «Ich bin wirklich gespannt, was Moritz' Vater für ein Mensch ist.»

«An dem ist noch alles dran», sagte ich wichtig, «und kucken kann er auch.»

«Hört sich ja richtig gut an», sagte meine Mutter und griff zu ihrem Lippenstift.

Ich runzelte die Stirn. «Nicht so viel. Wie sieht denn das aus!»

Sie seufzte. «Ich hab 'ne Nonne zur Tochter.»

Als wir dann loszogen, war ich doch sehr stolz auf sie. Zur Feier des Tages trug sie ihr einziges Kostüm. Warm war es gerade nicht, denn es war für den Sommer gedacht, aber chic. Ihr Haar glänzte, als wäre es nicht nur mit dieser bimssteinähnlichen Seife gewaschen worden. Und um ihren Kopf hatte sie sich gegen die Kälte aus einem Seidenschal einen Turban geschlungen. Wir zogen zeitig los, um nicht ins Dunkle zu kommen, denn Straßenlampen gab es nicht, und wenn, nur alle fünfzig Meter. Außerdem hatte unsere einzige Taschenlampe, bei der man eine Art Dynamo bedienen musste, den Geist aufgegeben. Im Gegensatz zu meiner Mutter sah ich eher aus wie ein Zille-Kind, stapfte mit genagelten Schuhen neben ihr her und trug zu meinem an vielen Stellen gestopften Bleyle-Rock eine drei Nummern zu große Kletterweste.

Die Begrüßung fiel ein wenig förmlich aus. Nach den üblichen Floskeln, «Sehr erfreut, Sie kennen zu lernen» und «Hübsch haben

Sie's hier», tauschten wir unsere Geschenke aus. Unsere Gastgeber hatten auch hier die Nase vorn. Während wir sie nur mit zehn mühsam eingewickelten Kienspänen zum Anheizen und einem halben Liter Magermilch beglücken konnten, bekam ich für Hansi und Mausi ein Schwesterchen in Gestalt einer sehr kleinen, aber makellosen Puppe und meine Mutter ein Stück Seife, Marke «Rosa Zentifolia», die wundervoll duftete.

Das Lungenhaschee war ein Meisterwerk. So etwas Herrliches hatten wir lange nicht gehabt, und niemand kam auf die Idee, von «Rennfahrers Ende» zu sprechen, wie das bei meinen Vettern im Krieg üblich war. Als Nachtisch gab es die mit Stärke steif geschlagene Magermilch, Geisterspucke genannt, aber auch sie schmeckte uns nicht schlecht.

Von nun an sahen sich unsere Eltern häufig. Von Werner wurde sehr viel weniger gesprochen. Und bald bekam ich einen neuen Vater, mit dem ich sehr zufrieden war, und einen Bruder gleich dazu, der mehr als ich von nun an an Mutters Rockzipfel festhielt.

Moritz lächelt zufrieden. «Und wem verdanken wir unser Glück?» Er schiebt mit leicht angewidertem Gesicht den Teller mit dem Lungenhaschee von sich. «Diesem Essen hier.»

Ich nicke. «Und das zelebrieren wir nun schon seit mehr als fünfzig Jahren. Aber auch die Prinzessin musste erst den Frosch küssen, um glücklich zu werden.»

«Dein Vergleich hinkt», sagt Moritz. »Wir haben uns die Lippen nach dem Lungenhaschee geleckt. Vergiss das nicht.»

Ich seufze. «Das tun wir ja nun wirklich schon lange nicht mehr.»

«Genug der Worte», sagt Moritz munter. «Jetzt wollen wir es uns wie immer schmecken lassen.»

Während er nach dem Lachsschinken und anderen Delikatessen greift, verteidigt er, wie es scheint, doch ein wenig schuldbewusst, seine Prinzipien. «Kinder müssen nun mal rechtzeitig erfahren, dass es nur wenig braucht, um glücklich zu sein. Dafür ist das traditionelle Weihnachtsessen ein hervorragendes Beispiel. Eigentlich erstaunlich, dass sie uns nie auf die Schliche gekommen sind.» Er lächelt zufrieden. «Kinder müssen nicht alles wissen.»

Ich nicke beipflichtend: «Wie Recht du hast», und sehe mich wieder Jahr für Jahr in die Kinderzimmer schleichen, um die beiden an all den Köstlichkeiten teilhaben zu lassen, während Moritz in der Badewanne sitzt und singt: «I'm dreaming of a white Christmas ...» Kinder müssen nicht alles wissen – aber Väter auch nicht.

8 Die zündende Idee

Dieser Dezembermorgen unterschied sich kaum von den vorangegangenen. Wie das Radio kundtat, tendierte die japanische Börse schwächer, während die amerikanische eine steigende Tendenz zeigte. Ein als Nikolaus verkleideter Mann war in mehrere Wohnungen eingebrochen und hatte bei der Flucht einen Kinderwagen samt Baby umgerannt. Bei den Frühstücksvorbereitungen in der Küche platzten die Eier trotz des vorsorglichen Piks, und meine Gedanken kreisten und kreisten und kreisten um Krischi, dem trotz seiner fünf Jahre immer noch kein Wort zu entlocken war, wofür ich von anderen Müttern, deren gleichaltrige Kinder bereits das kleine Einmaleins beherrschten, mitleidige Blicke erntete. Nur eine bissige Tante bemerkte, wahrscheinlich gehöre er zu den Hochbegabten, von denen man jetzt so viel lese, und die Borniertheit seiner Familie, in der er aufwachsen müsse, habe ihm die Sprache verschlagen. Was mich auch nicht gerade heiter stimmte. Vergeblich versuchte Krischis Großmutter, mich mit der Erinnerung an meine Kindheit zu trösten. Sie behauptete, auch ich sei eine Spätentwicklerin gewesen und hätte zwar gern auf dem allerliebsten Töpfchen in Form eines Frosches gesessen, es aber vorgezogen, für die wichtigen Dinge immer noch Pampers zu benutzen.

Die zahlreich konsultierten Ärzte beäugten und beklopften unseren Krischi von allen Seiten, konnten aber nichts Auffälliges finden. Der Junge sei völlig in Ordnung. Und einer der Herren bemerkte sogar mit leichter Ironie, wahrscheinlich werde er eines Tages mehr reden, als mir lieb sei. Dabei sah er mich an, als wolle er sagen: «Wenn du ihn überhaupt zu Worte kommen lässt», was ich recht kränkend fand. Es ist richtig, ich habe ein ziemlich heftiges Temperament und verstehe meine Meinung durchzusetzen, so dass Ludwig, wenn wir miteinander diskutieren, oft fleht: «Liebling, gib mir eine Chance.»

Aber mir zu unterstellen, dass ich an Rederitis leide, war unverschämt. Ärzte sind ja so eine Sorte für sich, nur wenige haben für ihre Patienten wirklich Verständnis. Die meisten sind ungeduldig und rechthaberisch. Kaum hat man nach stundenlangem Warten im Sprechzimmer Platz genommen, wird einem schon wieder zu verstehen gegeben, die Audienz sei nun beendet.

Manchmal ärgerte ich mich auch über Ludwigs, wie ich fand, mangelnde Unterstützung. Er sah das Ganze nicht so tragisch. Sobald ich auf unser gemeinsames Problem mit Krischi zu sprechen kam, griff er zur Zeitung, stellte den Fernseher an oder inspizierte den Kühlschrank, ob auch genug von seinem geliebten Bier kalt gestellt war. Höchstens raffte er sich mal zu einem beruhigenden «Es wird schon werden» auf und wirbelte seinen vor Freude kreischenden Sohn durch die Luft. Was habe ich nicht alles getan, um Krischis Ladehemmung auf den Grund zu kommen, Diäten ausprobiert, sein Gehirn mit teuren Mineralien und Vitaminen gefüttert, das Kinderzimmer nach Wasseradern durchforschen lassen und ihm unermüdlich vorgesprochen: «Mama, Papa.» Natürlich machte sich auch Ludwig so seine Sorgen. Einmal versuchte er es trotz meines beschwörenden «Lass das» mit einer Schocktherapie. Aber auch damit blieb der Erfolg aus. Von der Geisterbahn, in die sein

Vater ihn schleppte, war Krischi gar nicht mehr wegzubekommen, und als Ludwig nachts auf den Einfall kam, als Gespenst verkleidet vor seinem Bettchen zu erscheinen, tippte das Kind sich, wie übrigens auch ich, nur an die Stirn. Mit solchen Albernheiten kann man unserem Sohn nicht kommen. Er ist und bleibt ein aufgewecktes Kerlchen. So weiß er längst, in welchem Fernsehprogramm seine Lieblingssendungen laufen, und stellt sie sich natürlich selbst ein. Sogar die Mikrowelle kann er bedienen.

Während ich mich gerade, in Gedanken versunken, an den aufgebackenen Brötchen verbrannte, betrat Ludwig die Küche, fuhr mit seinem Finger in die Marmelade und erschreckte mich mit einer seiner zündenden Ideen, die ihn manchmal geradezu anfallsartig überfallen, etwas, was ich mehr fürchte als Zahnarzt, Zecken und Krankenhäuser. So hatte er mich kurz vor der Geburt unseres geliebten Krischi zu einer Fahrt in dem Jeep eines Freundes mit der Verkündung überredet, dieses Vehikel, in dem anscheinend die Amerikaner 1945 von Sieg zu Sieg geeilt waren, sei ein besonderes Fahrerlebnis. Nicht nur, dass dieser Veteran Geräusche von sich gab, die bei mir fast zu einem Hörsturz führten, besaß er auch die Federung eines Bretterwagens, mit dem die Pferde gerade in vollem Galopp durchgehen, so dass ich nicht überrascht gewesen wäre, wenn unser kleiner Krischi seine Mutter auf der Stelle verlassen hätte. Nicht viel besser war seine Idee mit der Anglerpartie. Zwei schwitzenden Männern zuzusehen, die sich ständig mit ihren Angeln in die Quere kamen, und ihrer Unterhaltung zuzuhören, die aus Sätzen wie «Bei mir beißt einer» oder «Reich mir mal das Bier» bestand, langweilte mich fast zu Tränen, während sich das Boot immer mehr mit Wasser füllte und die Mücken ganz versessen auf mich waren.

Ein ebensolcher Misserfolg war sein Vorschlag, sich auf einer Erdbeerplantage die Früchte selbst zu pflücken. Zuerst fand ich die Idee sehr vernünftig. Aber wir verpassten den richtigen Zeitpunkt. Jedenfalls sah uns der Besitzer befremdet an und fragte: «Jetzt wollen Sie noch pflücken? Bei dem Regen? Aber meinetwegen.» Das, was wir dann nach Hause brachten, war auch mehr als mickrig, die meisten Erdbeeren ziemlich matschig und von Schnecken benagt.

Doch eine richtige Katastrophe war die Wattwanderung Ende Oktober, die sich Ludwig in den Kopf gesetzt hatte, obwohl der Wetterbericht vor starkem Nebel in dieser Region warnte. Der Ausflug endete damit, dass wir nur noch mit Mühe und Not das Ufer erreichten, die Flut stand uns bereits bis zu den Knien. Ein Glück, dass wir unseren Sohn in der Obhut seiner Großmutter zu Hause gelassen hatten, die wahrscheinlich ihre Zeit damit verbrachte, ihn unermüdlich zum Sprechen zu ermuntern. Ich sah sie beide förmlich vor mir, den Jungen, der seine Zunge fröhlich hin und her wetzen ließ, damit sich ja nicht ein vorwitziges Wort aus seinem Munde stehlen könnte, und meine Mutter, wie sie ihn erschüttert in die Arme schloss, mit erstickter Stimme «armer Junge» murmelte und seine überaktive Zunge mit ungesunden Leckereien zu beruhigen versuchte.

Und jetzt hatte sich Ludwig schon wieder etwas sicherlich Verrücktes einfallen lassen, und das ausgerechnet vor Weihnachten. Ich sah ihn beunruhigt an. «Was hast du denn diesmal ausgeheckt?»

«Einen Weihnachtsgast.» Und es klang, als spräche der Engel persönlich: «Siehe, ich verkündige euch große Freude.»

Meine Reaktion entsprach dem allerdings nicht. «Bist du verrückt? Genügt dir Krischis und meine Gesellschaft nicht mehr?» Und ich hatte bereits wieder die Stimme der scharfzüngigen Tante im Ohr: «Die jungen Leute haben sich wohl nichts mehr zu sagen.» Womit sie, wenn ich ehrlich war, nicht so ganz Unrecht hatte. Ludwig und ich hatten von Anfang an nicht gerade vor Leidenschaft gebebt. Aber es gab doch viele Gemeinsamkeiten, über die wir zu zweit klagen konnten und die eine Menge Gesprächsstoff hergaben. Ein liebloses Elternhaus, egoistische Geschwister, pingelige Chefs im Büro und heimtückische Kollegen. Auch in anderem stimmten wir überein. Wir hassten die ewige Musikberieselung, die nicht einmal vor den Klos Halt machte, mokierten uns über die stereotype Frage «Was kann ich für Sie tun?» und kritisierten die ständig wachsenden Müllberge in den Parks. Ich war dem Fußball nicht abgeneigt, er schätzte wie ich Krimis. Und als ich dann ein Kind erwartete, war unser Glück vollkommen. Leider machte mich meine Sorge um Krischi ungeduldiger gegen Ludwigs kleine Macken. Warum trank dieser Mensch seine Tasse, sein Glas nie ganz aus? Warum mangelte es ihm auf geradezu beängstigende Weise an Orientierungssinn, so dass wir uns jedes Mal verfuhren, egal, wie oft wir eine Strecke schon zurückgelegt hatten? Und weshalb konnte er niemals etwas zugeben? Da gab es dann doch manchmal Augenblicke, in denen ich meinem Singleleben nachtrauerte, meiner schmucken kleinen Wohnung für mich allein, dem großen Freundeskreis und den netten Verehrern, die sich allerdings im Laufe der Jahre, wie ich mir eingestehen musste, immer rarer machten. Auch der Freundeskreis war zusammengeschmolzen, und ich erinnerte mich an die vielen öden, zu Haus verbrachten Feiertage. Plötzlich erschien mir Ludwigs Vorschlag in einem freundlicheren Licht. Schließlich gehörte es sich gerade in der Weihnachtszeit, an die Mühseligen und Beladenen zu denken. Außerdem war Ludwig ein großer Überredungskünstler, und als er in dasselbe Horn wie ich tutete, dass man sich Einsamer und Unglücklicher hin und wieder annehmen müsse, willigte ich ein.

Der Gast, den er vorschlug, schien mir unverfänglich. Es war eine ältere Kollegin, mindestens fünfzig, wie er mir erklärte, die ganz plötzlich ihren Mann verloren hatte. «Das arme Ding hat so gut wie keine Familie», sagte Ludwig. «Sie ist eine völlig harmlose, vielleicht etwas langweilige Person. Wie man sich erzählt, muss der Mann ziemlich grässlich gewesen sein.«

Mir lag auf der Zunge, zu sagen: «Na, dann kann sie ja froh sein, dass sie ihn los ist», aber ich schluckte diese Bemerkung schnell herunter. Ludwig ist nicht sehr fürs Frivole.

Unsere Familien lobten uns für unsere großzügige Geste. Man hatte es ja immer gesagt, die jungen Leute von heute hatten auch viel Herz.

Die Weihnachtsvorbereitungen nahmen diesmal mehr Zeit in Anspruch als sonst. Schließlich sollte es der Gast so richtig festlich haben. Blamieren wollte ich mich vor ihm schon gar nicht. Deshalb war ich beim Aussuchen der Edeltanne besonders pingelig, ebenso beim Schmücken. Ludwig musste ordentlich ran. Mit einem «Tu dies, tu das» jagte ich ihn ganz schön herum, bis er schließlich stöhnte: «Was machst du bloß für Umstände? Frau Zielke ist ja schließlich nicht der Erzengel Gabriel.»

Zum Schluss lief alles wie am Schnürchen. Bratenduft zog durch die Wohnung, und

Weihnachtslieder tönten aus dem Radio. Auf die Minute pünktlich klingelte es an der Wohnungstür. Mein Willkommenslächeln wich einem etwas verdutzten Ausdruck. Diese Witwe hatte ich mir ganz anders vorgestellt. Unser Gast entpuppte sich keineswegs als eine vom Leben gebeutelte, vergrämte Frau, sondern als eine appetitlich aussehende, statiöse Blondine, die mich sofort lebhaft an die Bedienung am Käsestand unseres Einkaufsmarktes erinnerte. Eine Person, die den Kunden sehr schnell zu vermitteln verstand, dass sie hier das Sagen habe, sie grundsätzlich keines Blickes würdigte, sondern über ihre Köpfe hinweg ungeduldig fragte: «Und was noch? Und was noch?»

Frau Zielke segelte dann auch mehr ins Wohnzimmer als es bescheiden zu betreten, erfasste mit einem einzigen vernichtenden Blick das gesamte Mobiliar und zerstörte meine Freude an all den hübschen Dingen, die wir uns so nach und nach angeschafft hatten. Die Lampe mit dem Kristallfuß, das geschnitzte Wandschränkchen, die Porzellanfigur einer Tänzerin, der von mir selbst bestickte Paravent, all das wirkte plötzlich billig und geschmacklos.

«Hübsch», sagte Frau Zielke, «wirklich hübsch», ein Wort, das sie auch dem Weihnachtsbaum und meinem liebevoll gedeckten Abendbrottisch zuteil werden ließ. Ohne eine Aufforderung abzuwarten, ließ sie sich in Ludwigs Lieblingssessel fallen und sah uns an, als wollte sie sagen: «Ich warte.»

Ludwig verstand sofort. «Ach ja, den Sherry hätte ich fast vergessen!», rief er hastig und wollte in die Küche gehen. Dabei rannte er fast Krischi um, der gerade hereinkam und sich in seinem geliebten Indianeranzug vor Frau Zielke aufpflanzte. Frau Zielke schenkte ihm ein uninteressiertes Lächeln. «Oh, ein kleiner Indianer. Wie heißt denn unser großer Häuptling?»

«Krischi», sagte ich schnell und forderte meinen Sohn auf, ihr die Hand zu geben. Mein Sohn dachte nicht daran. Wie hypnotisiert wandte er keinen Blick von unserem Gast, der daraufhin, mit der einen Hand an seine Lippen klopfend, mit der anderen neckisch herumfuchtelnd, ein Indianergeheul anstimmte: «Huh, huh!» Krischi starrte Frau Zielke weiter an, und sie wandte sich achselzuckend ab.

Inzwischen war Ludwig zurückgekehrt und hatte den Sherry eingeschenkt. Sie ergriff das

Glas und kippte ihn in einem Zug hinunter, anstatt höflich daran zu nippen. Krischi glotzte weiter. Frau Zielke musterte ihn nun in der gleichen Weise wie mich die Käseverkäuferin, wenn ich nicht blitzschnell hintereinander meine Wünsche kundtat. «Sag mal, bist du stumm?», fragte sie ungeduldig und schob das Sherryglas Ludwig hin, der eilfertig nachgoss.

Frau Zielke hatte geschafft, was bislang noch niemandem gelungen war: Ich begann, an meinem geliebten Krischi, diesem einmaligen, wunderbaren Kind, zu zweifeln. War er vielleicht wirklich etwas beschränkt? Verlegen erklärte ich Frau Zielke, dass Krischi noch ein wenig Mühe mit dem Sprechen habe. Sie lächelte herablassend. «Auch Kinder wie ihn muss es in der Welt geben. Er wird schon seinen Weg machen», was mich sofort veranlasste, lauter kleine Anekdoten über ihn zum Besten zu geben, an denen seine große Intelligenz sichtbar wurde. Unser Gast verzog keine Miene. «Interessant», sagte sie.

Interessant war auch für mich, was mir Ludwig gestand, als ich in der Küche die letzten Vorbereitungen für das Abendbrot traf.

«Du kannst sie doch nicht allein im Wohnzimmer sitzen lassen», sagte ich.

«Kann ich», sagte er und naschte von dem Obstsalat. «Was für eine grässliche Person.»

Ich betrachtete kopfschüttelnd meinen Ehemann. «Du hast sie uns doch rangeschleppt. Bescheiden, unaufdringlich, vom Schicksal geschlagen. Dass ich nicht lache.»

Verlegen gestand er mir, dass ihn seine Kollegen zu dieser Einladung überredet hatten. Er war gerade neu in die Abteilung versetzt worden und wollte nicht unkollegial sein. Gekannt hatte er unseren Weihnachtsgast bis jetzt kaum.

«Das wird ja immer besser», sagte ich und musste lachen.

Auch unser Weihnachtsessen schien Frau Zielke nicht zu gefallen. Sie kaute auf dem zarten Steak herum wie ein Hund auf einem uralten Knochen und durchforschte mit ihrer Gabel den Salat, ob sich vielleicht nicht doch irgendwo ein Regenwurm versteckte. Zu allem Unglück zeigte sich Krischi von einer Seite, wie sie Frau Zielke nicht besser in ihrer Meinung über ihn bestärken konnte. Er war quengelig, ließ seinen Löffel hinunterfallen und spritzte Soße auf mein Kleid. Die Unterhaltung floss ausgesprochen zäh dahin und wurde immer wieder durch lange Pausen unterbrochen. Was für ein Thema wir auch anschnitten, Frau Zielke zeigte kein Interesse daran und würgte es mit knappen Worten ab. Politik – das Letzte, die machten ja dort oben doch, was sie wollten, und seit Jahren sei sie nicht mehr zur Wahl gegangen, Reisen – bleibe im Lande und nähre dich redlich, es werde überall nur mit Wasser gekocht, Religion – Verdummung fürs Volk, Fernsehen – taugte nur noch zum Abschalten, der plötzliche Verlust des Ehemannes – ein lieber Kerl, aber ohne sie völlig hilflos, sie komme gut allein zurecht, was wir ihr aufs Wort glaubten. Ratlos sahen wir uns an.

«Irgendwie stickig hier», sagte Ludwig und stand auf. «Man kann ja kaum atmen. Ich lüfte mal kurz durch.»

Das Wort «atmen» war das Stichwort. Plötzlich entpuppte sich Frau Zielke als Missionarin dieser Körperfunktion. Geradezu verzückt hielt sie uns einen Vortrag darüber. Es sei Quelle jedes Lebens, wichtiger als essen und trinken. Das war uns zwar nicht neu, aber wir nahmen es mit höflichem Interesse auf. Wussten wir, dass wir am Tage rund tausendzweihundertmal atmeten, vierhundertmal so oft, wie wir Nahrung zu uns nahmen? Wir wussten es nicht. Weder Blutzirkulation noch Stoffwechsel, noch Muskelbewegung könne ohne Atem bestehen. Er sei das A und O der Gesundheit. Betäubt von ihrer Suada, glotzten wir sie fast so töricht an wie Krischi, auf den Frau Zielke plötzlich deutete und rief: «Dieses Kind atmet völlig falsch!» Dann packte sie Krischi, der gerade friedlich einen Indianer aus Pappmaché über den Tisch reiten ließ, drückte kräftig seinen Bauch und sagte beschwörend: «Mach ah, mach ah!»

Unser armer kleiner Liebling, der sich in seiner Phantasie vielleicht auf dem Kriegspfad befunden hatte, riss sich schreiend los, rannte zu mir, kletterte auf meinen Schoß, und aus seinem Mund schossen drei Wörter: «Mama, Papa, Scheiße!»

Frau Zielke lächelte zufrieden. «Na, sehen Sie. Ich wusste es doch. Es ist nur die Atmung.» Wir waren wie vom Donner gerührt, und sie meinte gnädig: «Ich werde mich jetzt verabschieden und Sie ganz Ihrem Glück überlassen.»

Während Krischi in seinem Bettchen weiter «Mama, Papa, Scheiße» vor sich hin brabbelte, zündete Ludwig noch einmal die Kerzen am Weihnachtsbaum an.

«Glaubst du, dass wir dieses Wunder Frau Zielke verdanken?», fragte ich.

«Wohl eher seiner Angst vor ihr», sagte Ludwig. «Eine wirklich gelungene Schocktherapie.»

Die Familie freute sich mit uns, war aber der Meinung, dass nur am Heiligabend solche Dinge passierten. In dieser Nacht sei alles möglich.

Krischis Wortschatz wächst täglich. Er hat ja auch viel nachzuholen. Meine Freude ist groß. Nur manchmal, wenn ich von seinem ständigen Gequassel erschöpft bin, erinnere ich mich an den jungen Schnösel von Kinderarzt und seine Prophezeiung: «Er wird mehr reden, als Ihnen lieb ist.»

9 Die Gartenzwerge

Tage, die einer wie dem anderen glichen, waren Monika fremd. An manchen war man nur auf der Suche – nach Strümpfen, Schuhcreme, Herztabletten, Hausschlüsseln oder dem Adressbüchlein. An anderen wiederum tauchten Gegenstände, die man seit Wochen vermisste, plötzlich wieder auf, nachdem man verzweifelt und vergeblich jede Schublade umgekrempelt, jedes Fach durchkämmt, jeden Schrank durchwühlt hatte. Und dann lag das Vermisste plötzlich vor einem und sah einen unschuldig von einem mehrfach durchsuchten Platz aus an. Es gab geräuschvolle Tage, an denen man Flöhe husten und Katzen stampfen hörte, der Mieter über einem anscheinend Steine durch die Zimmer rollte und aus der Nachbarwohnung die Stimme eines englischen Popstars mit dem klagenden Ruf «Help, help, help!» einem schmerzlich in den Ohren schrillte. Dann wieder die, an denen man wie in einem schalldichten Raum lebte. Jedenfalls konnte Monika nur die Schultern zucken, wenn die Nachbarn aufgeregt berichteten, was sich am Abend zuvor an Dramatischem ereignet hatte. Laute Hilfeschreie auf der Straße, Feuerwehrsirenen, quietschende Bremsen und ineinander krachende Autos, dazu der Sturz der Rollstuhlfahrerin drei Treppen hinunter. An manchen Tagen nahm Monikas Nase auch den kleinsten Geruch wahr, sei es den nach Bratkartoffeln, Fisch, Kaffee, Knoblauch oder Zwiebeln, der aus allen Ritzen zu quellen schien. Dann wieder konnte es passieren, dass man aufgeregt an ihre Tür bummerte, um sie davon in Kenntnis zu setzen, dass auf ihrem Herd gerade etwas fürchterlich anbrannte. An einem Tag sah sie alles – den dichten Staub auf ihren Möbeln, als wäre ein Wüstenwind durch die Wohnung gefegt, den aus der Reihe tanzenden Knopf an der Bluse ihrer Freundin und die neu entstandene Warze an ihrer Oberlippe –, am nächsten fiel ihr nicht einmal das Schwarze unter ihren eigenen Nägeln, die Laufmasche im Strumpf oder die verkehrt herum angezogene Strickjacke auf. Auch kam es gelegentlich vor, dass sie Begriffe verwechselte und den achtjährigen Urenkel mit der Bitte verblüffte: «Hol mir mal die Schuhe aus dem Kühlschrank.» Doch all diese ständig wechselnden Symptome brachten weder sie noch ihre Familie ins Grübeln. Man nickte lachend, wenn sie seufzte, es ginge ihr mit dem Kopf wie ihrer alten Nachttischlampe mit dem Wackelkontakt, die nur brannte, wenn ihr danach war, und wo es überhaupt nichts nützte, die Birne auszuwechseln.

Ihre Familie bestand aus zwei sich kurz vor dem Ruhestand befindenden Söhnen, Wilfried und Walter, zwei matronenhaften Schwiegertöchtern, zwei gerade die erste Sprosse der Karriereleiter erklimmenden Enkeln sowie zwei Urenkeln. Und irgendwie ähnelten sich alle wie aus demselben Teig gestanzte Pfefferkuchenmänner. Streit gab es selten. Man war für Ruhe und Harmonie. Aus zwei freundlichen, ausgeglichenen Kindern waren zwei ebenso freundliche, ausgeglichene, ruhige Erwachsene geworden, die mit ihren Ehefrauen auf derselben Wellenlänge lagen und nach dem gemeinsamen Grundsatz lebten: Wer sich in andere Sachen mischt, hat nur den Ärger, weiter nischt. Derselben Meinung waren Enkelkinder und Urenkel. Wilfried und Walter wohnten praktischerweise beide in derselben Stadt, und so verbrachte Monika Heiligabend und den ersten Feiertag bei ihren Söhnen, abwechselnd den einen bei Wilfried, dem Älteren, und den anderen bei Walter, dem Jüngeren, oder umgekehrt. Diesmal war Wilfried dran mit dem Heiligabend. Wie Walter besaß er ein kleines Reihenhaus, und wenn die Häuser auch in verschiedenen Stadtvierteln lagen, ähnelten die Straße, die Vorgärten und Nachbarn einander in verblüffender Weise.

Der Heiligabend entpuppte sich als einer ihrer Schusseltage. Den Vormittag verbrachte Monika damit, die Weihnachtsgeschenke aus ihrem Versteck herauszulocken, dem sie dann auch, nach langem Zieren und nachdem die Verzweiflung sehr groß geworden war, Folge leisteten. Sie lagen dort, wo sie hingehörten, in einer mit goldenen Sternchen verzierten Einkaufstüte.

Kaum war diese Hürde genommen, tauchte ihre Nachbarin auf, mit der sie zwar auf gutem Fuß stand, die aber die Angewohnheit hatte, sie immer dann zu überfallen, wenn es ihr am wenigsten passte, was sie an diesem Tag noch konfuser machte. Zerstreut hörte sie sich die neuesten Geschichten über den wundervollen Sohn der Nachbarin an, der ebenfalls Walter hieß, in demselben Alter war und anscheinend die gleichen Eigenschaften wie Monikas Sohn hatte. Mit einem entsetzten «O Gott, ich muss ja los! Die warten wahrscheinlich schon auf mich» brach die Nachbarin die etwas einseitige Unterhaltung jäh ab. Sie eilte zur Tür hinaus, während Monika mit dem unbestimmten Gefühl zurückblieb, dass sie ja wohl auch eingeladen war und man womöglich bereits auf sie wartete. Das Angebot ihrer Kinder, sie abzuholen, lehnte sie jedes Mal ab. Wozu gab es schließlich Taxis?

Unterwegs wurde sie wie üblich von dem Gedanken verfolgt, bestimmt etwas vergessen zu haben. Glücklicherweise hatten ihre patenten Söhne vorgesorgt und die im Haushalt schlummernden Gefahren gebannt. Im Badezimmer ließen sich die Hähne nicht mehr voll aufdrehen, so dass das Wasser nur langsam ansteigen und ohne Schwierigkeit abfließen konnte; Herdplatte, Plätteisen und Wasserkocher stellten sich bei einem bestimmten Hitzegrad automatisch ab, und auch die Waschmaschine besaß eine zusätzliche Sperre, die sich einschaltete, wenn etwas nicht in Ordnung war. Die Fahrt verlief in einem angenehmen Gespräch mit dem Taxifahrer, der ihr rücksichtsvoll beim Einsteigen und Anschnallen geholfen hatte und nicht wie ein Verrückter durch die Gegend raste. Als sie sich trennten, wünschten sie sich gegenseitig frohe Feiertage, und auf dem Weg zum Haus blieb Monika einen Augenblick stehen, um die geschmückte Tanne im Vorgarten zu bewundern, wobei ihr auffiel, dass die sie sonst wie alte Bekannte begrüßenden schönen Gartenzwerge verschwunden waren. Sie ging fröhlich zur Haustür weiter und klingelte. Nichts rührte sich. Merkwürdig. War sie etwa wieder zu früh, oder hatte sie den Knopf nicht kräftig genug gedrückt? Das Fenster über der Tür öffnete sich, und ihr Sohn streckte den Kopf heraus, rief erschrocken: «Mami!», schloss das Fenster, und kurz darauf hörte sie ihn die Treppe vom ersten Stock herunterpoltern. Wahrscheinlich hatten sich die beiden vor der Bescherung noch ein Päuschen im Schlafzimmer gegönnt. Er öffnete die Tür.

«Entschuldige, dass ich zu früh komme», sagte Monika, der es vorkam, als wirke ihr Sohn etwas beunruhigt.

Er schüttelte den Kopf. «Nein, nein.»

«Na, dann ist ja alles in Ordnung.» Monika betrat den Flur und dachte, dass Walter schon immer etwas trödelig gewesen war. Bereits als Kind musste man ihn dauernd ermahnen: «Beeil dich endlich! Trödele nicht so herum.» Ganz im Gegensatz zu Wilfried. Der war auf die Sekunde pünktlich, reagierte schnell und war immer mit allem rechtzeitig fertig. Sie gab ihm einen Kuss auf seinen winzigen Bart, den er seit neuestem trug. «Wo hast du denn deine Gartenzwerge? Ich habe sie direkt vermisst.»

Walter sah sie entgeistert an. «Wilfried hat doch deinen Gartenzwergetick geerbt und nicht ich.»

Sie schlug sich an den Kopf. «Mein Gedächtnis, wirklich ein Sieb.»

Walter lachte. «Wem sagst du das. Setz dich schon mal ins Weihnachtszimmer. Gustel kommt gleich. Sie hübscht sich noch an.»

Das Weihnachtszimmer strömte Behaglichkeit aus. Auf den Fensterbrettern standen Azaleen und Weihnachtssterne, die Fensterscheiben waren mit Eiskristallspray besprüht, und von der Decke hing ein erleuchteter Weihnachtsstern. Alles war tadellos aufgeräumt, sicherlich Gustels Einfluss, denn im vorigen Jahr, so meinte sie sich zu erinnern, hatte ein ziemliches Chaos geherrscht. Oder war das bei Wilfried gewesen? Der hatte nämlich den Spleen, die Möbel häufig umzustellen, so dass man sich im Dunkeln fürchterlich stieß. Und war nicht irgendetwas mit dem Baum anders? Wilfried bevorzugte doch Blautannen, und seine Frau hatte wohl auf dem Markt eine Fichte erwischt. Sie korrigierte sich sofort. Blautannen waren Walters Geschmack, und was da vor ihr stand, war auch eine.

Die Tür öffnete sich leise. Urenkel Jörg kam hereingeschlichen und ging zu seinem noch zugedeckten Gabentisch. Offensichtlich platzte er fast vor Neugierde und hielt es nicht mehr aus. Monika schmunzelte. Ganz wie sein Großvater. Der hatte auch immer die Bescherung nicht abwarten können, und es hatte einmal ein Drama gegeben, weil er bei dem hastigen Versuch, zu ergründen, was unter dem Tuch lag, etwas sehr Kostbares, leider Zerbrechliches heruntergeworfen hatte. Monika räusperte sich.

Jörg fuhr zusammen. «Omi!», rief er. «Wie kommst du denn hierher?»

«Na, wie wohl», sagte sie. «Auf meinen Füßen.»

Nun kam auch Gustel, frisch geföhnt, frisch gebadet, nach einem angenehmen Parfüm duftend, ins Zimmer, in beiden Händen mehrere verpackte Schächtelchen. Sie wirkte ein wenig gereizt. Vielleicht hatte sich das Ehepaar gekracht. Das kam zwar selten vor, war aber im Weihnachtsstress durchaus möglich. Die Begrüßung war herzlich, wenn auch etwas flüchtig. Während Walter noch schnell ein Gedeck für den Kaffeetisch hereinbrachte, räumte sie hastig ein Tischchen ab und legte die Päckchen darauf. Dann schickte sie Jörg aus dem Zimmer. Die Kerzen am Baum wurden angezündet, die Tücher von den Gabentischen entfernt, und Walter schwang die Klingel, dieselbe, die auch sie damals für ihre Kinder benutzt hatte. Der Junge kam herein, und danach war erst mal jeder ganz mit seinen Geschenken beschäftigt. Nach vielen «Ahs» und «Ohs» und «Kuck doch mal» und «Wie funktioniert denn das?» und «Wo hast du denn das gefunden?» breitete sich immer mehr Papier auf dem Fußboden aus, das Monika sofort ordentlich zusammenfaltete und für nächstes Jahr beiseite legte. Sie hatte allerlei praktische Dinge bekommen, die sie gut gebrauchen konnte, weil sie immer wieder verloren gingen, wie die kleine Stablampe, die Eieruhr oder den Spargelschäler.

«Und was krieg ich von dir?», fragte sie ihren Urenkel.

Der sah sie empört an. «Wie soll ich wissen –»

Weiter kam er nicht, denn er wurde abrupt von seiner Großmutter mit dem Hinweis unterbrochen, mal ganz schnell in die Küche zu flitzen und die Sektgläser zu holen. Ohne auf seinen halblauten Protest zu achten, den Monika nicht mehr verstehen konnte, schob sie ihn aus dem Zimmer. Mit verlegenem Gesicht kam er ziemlich mürrisch zurück. «Wahrscheinlich schämt er sich», dachte Monika mitleidig. Nun verteilte auch sie ihre kleinen Geschenke, die einiges Gelächter hervorriefen. Der Urenkel blickte verdutzt auf eine Kinderklapper, Walter zog sich prustend einen drei Nummern zu großen Shetland-Pullover über, und Gustel betrachtete die ihr zugedachte Bluse Größe 36 mit einem Seufzer. «Ich wünschte, so was könnte ich noch tragen.» Sie legte liebevoll den Arm um Monika. «Na, da hast du wohl deine Familie mal wieder etwas durcheinander gebracht.»

Ihre Schwiegermutter nickte betrübt. «Zu dumm von mir. Ich habe einfach die Tüten verwechselt. Eine sieht ja aus wie die andere.» Und zu Jörg: «Du kannst beruhigt sein. Deine

Urgroßmutter hat noch ihre fünf Sinne zusammen. Er steht bei mir zu Haus, der gewünschte Trecker.»

Als Trost schlug sie ihm eine Partie Halma vor. Aber der Junge war immer noch nicht über die Enttäuschung hinweg. «Halma», sagte er muffig, «sonst spielen wir immer Mühle.»

«Natürlich», sagte Monika. Brett und Steine wurden herbeigeholt, und seine Laune besserte sich zusehends, weil er eine Partie nach der anderen gewann. Währenddessen verschwand Walter im Nebenzimmer für ein längeres Telefongespräch. Der rücksichtsvolle Junge sprach aber sehr leise, um sie beim Spielen nicht zu stören. Allerdings bekam Monika doch mit, dass er mit seinem Bruder telefonierte.

Der weitere Abend verlief in harmonischer Beschaulichkeit nach festen Regeln. Das festliche Abendessen wurde von Monika besonders gelobt, weil Gustel ebenso wie sie nichts davon hielt, den Eigengeschmack der Nahrungsmittel mit exotischen Kräutern zu verdecken. In harmlosen Gesprächen vermied man Themen, die leicht zu ungesunden Erregungen führen konnten, wie Politik und wirtschaftliche Lage. Stattdessen tauschte man Erinnerungen aus, die zu der leise im Hintergrund spielenden Weihnachtsmusik passten und von Monika jedes Jahr aufgewärmt wurden, zum Beispiel, wie Jörgs Vater, der mit seiner Ehefrau über Weihnachten in der Karibik weilte, als Kind zum Entsetzen einer Tante das Jesuskind aus der Krippe holte und es einen Lastwagenfahrer darstellen ließ; wie der Opa, damals so alt wie Jörg, auf der Flucht von einem stark alkoholisierten Russen angehalten und trotz lautem Protest seiner Mutter mitgenommen worden war, aber schnell mit einem vollen Milchkännchen und einem Brot zurückkehrte. Dem Russen jedoch war seine Barmherzigkeit vom Schicksal nicht gelohnt worden. Anstatt zu seiner Familie zurückzukehren, landete der ehemalige Kriegsgefangene zum zweiten Mal im Lager, diesmal in Sibirien.

Wenn Monika bei dieser Geschichte anlangte, war der Aufbruch fällig. «Na, dann will ich mal», sagte sie. Walter brachte sie nach Haus. Dort wurden die Tüten ausgetauscht. Fürsorglich fragte er: «Hast du auch alles?», und mahnte: «Schließ die Tür hinter dir zu und lass sie nicht nur einschnappen.»

«Versprochen», sagte Monika und ging zufrieden ins Bett. Sie schlief fest und traumlos.

Der nächste Tag war ein Findetag. Alles, wonach sie in den letzten Tagen gefahndet hatte, tauchte wieder auf. Kein Zweifel, auch tote Dinge hatten ihr Eigenleben. Sie frühstückte gemütlich und machte sich dann auf den Weg zu ihrem zweiten Sohn. Auch diesmal war der Taxifahrer einer von der fürsorglichen, netten Sorte. Sie wünschte ihm noch schöne Feiertage, dann öffnete sie die kleine Gartenpforte. Diesmal stand der Sohn schon in der offenen Tür. Warum sah er sie nur so fassungslos an? Oder war sie vielleicht doch zu früh?

«Entschuldige», sagte sie zerknirscht, «du weißt ja, ich hab überhaupt kein Zeitgefühl. Wahrscheinlich falle ich euch jetzt in euer gemütliches Frühstück.»

Er kratzte sich aufgeregt am Hinterkopf.

«Was ist denn?», fragte sie besorgt.

«Aber, Mami, du bist doch heute bei Wilfried.»

«Junge», sagte sie beruhigend. «Jetzt bringst du aber wirklich einiges durcheinander. Bei Wilfried war ich gestern, und denk nur, er hat sich von seinen schönen Gartenzwergen getrennt.»

10 Glück im Winkel

Es ist Richards Idee, die Gleichförmigkeit des häuslichen Weihnachtsfestes einmal zu durchbrechen und woanders zu feiern. Ich bin mir da erst einmal nicht so sicher. Zu Hause weiß man, was einen erwartet. Das Programm steht fest. Aber Richard gelingt es schnell, mich von seinem Plan zu überzeugen, als er den kleinen Ort an der Ostsee vorschlägt, den wir letztes Jahr entdeckt haben, mehr Dorf als Kurort, eingebettet zwischen Küste, Wald und Wiesen, durchzogen von Gräben, in denen sich Luischen gefahrlos bewegen kann. Urlauber verirren sich selten dorthin. Sie verbringen ihre Tage lieber am Strand.

Unsere Ente Luischen ist nun mal unser Ein und Alles. Für sie sind wir zu jedem Opfer bereit, und für kein Geld der Welt würden wir sie wieder hergeben. Das, was wir ihr in der Stadt an Lebensqualität bieten können, ist leider nur mager und beschränkt sich auf unseren entrümpelten Abstellraum, die Dusche und kurze Spaziergänge, die noch dazu mit großen Gefahren verbunden sind. Auf dem Bürgersteig wird ihr Leben durch Kurierfahrer, plötzlich aus Tiefgaragen flitzende Autos, stolpernde Kinderfüße und Skateboardfahrer bedroht. Und in den Parks sind es die Hunde, die es ihr nicht gönnen, gemächlich hier und dort einen Halm zupfend, durch das Gras zu watscheln. Zwar haben wir ihr unsere Abstellkammer ganz nach ihren Bedürfnissen hergerichtet, mit einem künstlichen Grasteppich, einem Kuschelkörbchen, einem Plastikerpel, den sie aber nicht beachtet, und einem Spiegel. Sich darin zu betrachten ist ihr Schönstes. Sie glaubt dann, endlich eine Artgenossin gefunden zu haben, und watschelt mit lockenden Lauten hin und her. Ein Leben ohne Luischen können wir uns nicht mehr vorstellen, und deshalb wollen wir auch gar nicht wissen, wie es mit der Lebensdauer einer Ente aussieht.

Luischen ist ein Findelkind. Wir entdeckten sie in jenem kleinen, beschaulichen Ort, in dem wir nun das Weihnachtsfest mit ihr gemeinsam verbringen wollen. Jämmerlich nach Mutter und Geschwistern piepsend saß sie im Gras einer Böschung, damals noch ein süßes, flauschiges Etwas. Eine Weile beobachteten wir sie in der Hoffnung, die Mutter würde wieder auftauchen, und griffen erst nach vergeblichem Warten ein, als sich mehrere Krähen in den Erlen niederließen und diesen Leckerbissen interessiert betrachteten. Wir packten das Küken in Richards Schirmmütze und nahmen es mit in die Pension. Die Wirtin zeigte nur verhaltene Freude über den neuen Gast, war dann aber doch bereit, uns einen Schuhkarton als Bleibe für das Küken zu überlassen, zumal der Abreisetag bevorstand. Zu Hause stellten wir fest, dass Luischen viel von Körperkontakt hielt, den wir ihr, wenn auch nicht ganz problemlos, gewährten. Denn Luischens Verdauung war damals schon beneidenswert. Aber sie erwies sich als außerordentlich verständig. Sie sah ein, dass es nicht sehr vorteilhaft war, uns von oben bis unten zu bekleckern, und gab sich mit einem ausrangierten Schuh von Richard, dessen Schnürsenkel sie faszinierten, als Kuschelplatz zufrieden.

Wenn wir in unserem heimatlichen behaglichen Nest, wie Richard unsere Dreizimmerwohnung gern nennt, im Fernsehen den Reichen und Schönen zusehen, wie sie ihre

Villen, Schlösser und Herrenhäuser durchschreiten, in ihre Swimmingpools springen, in ihren Cabriolets durch die Landschaft jagen oder in ihre Flugzeuge steigen, und ich sehnsuchtsvoll einen leisen Seufzer ausstoße, legt er seinen Arm um meine Schultern und sagt: «Lass man, wir haben doch das große Los gezogen mit unserem Glück im Winkel. Und jetzt auch noch Luischen.»

Ich nicke zustimmend, finde aber doch, dass einiges noch sehr verbesserungsbedürftig in unserem Winkel ist. Gern würde ich die wuchtige Garnitur in unserem Wohnzimmer auswechseln. Schleiflack wäre jetzt mein Traum, wie man ihn wieder in allen Katalogen findet. Auch die Auslegware gefällt mir nicht mehr. Die Nachbarn haben längst Parkett. Aber unser beider Herzenswunsch ist einer von diesen riesigen flachen Fernsehern, die wie überdimensionale Bilder an der Wand hängen. Unser Apparat ist wirklich nicht mehr der neueste. Oft geht die Farbe weg, oder das Bild kommt ins Trudeln. Doch Richard weigert sich entschieden, einen weiteren Kredit aufzunehmen, denn wir stottern noch heute die Raten für unseren inzwischen längst kaputten Geschirrspüler ab, ebenso für die Reise nach

Mallorca und unser neues Auto. Richard meint, der Mensch kann nicht alles haben, man muss sich eben nach der Decke strecken, auch wenn's schwer fällt. Und man hat uns, der Nachkriegsgeneration, ja Gott sei Dank noch Bescheidenheit beigebracht. Wir leben nicht in Saus und Braus, wie das heute gang und gäbe ist.

Luischen hat sich ihrer Umgebung angepasst und nimmt klaglos hin, dass wir sie nur noch selten mit auf den Balkon lassen können, weil ihr fröhliches Geschnatter die Nachbarn stört. Gelegentlich klopft sie ein wenig traurig mit dem Schnabel gegen die Scheiben, weil sie Sehnsucht nach uns hat. Dann blutet uns das Herz. Wir öffnen vorsichtig die Tür und krümeln ihr ein bisschen von Richards Lieblingskuchen hin, egal, ob der Teppichboden darunter leidet. Luischen ist nun mal unser Ein und Alles, da muss man Flecke auf dem Teppich schon in Kauf nehmen. Wir scheuen auch nicht davor zurück, selbst an trüben Novembertagen frühmorgens mit ihr den Stadtpark aufzusuchen. Wir ziehen uns wetterfest an, verstauen Luischen in einer Tragetasche und marschieren los. Um diese Tageszeit und bei diesem Wetter gehört uns der Park fast allein. Manchmal versuchen wir, Luischen das Fliegen beizubringen, und rennen mit ausgebreiteten Armen über den Rasen, weil wir im Fernsehen gesehen haben, wie ein Mann damit Erfolg bei jungen Wildgänsen hatte. Luischen beeindrucken wir damit nicht. Sie zupft weiter an dem nassen Gras herum und versucht, etwas Nahrhaftes zu finden. Dagegen spielt sie gern Versteck mit uns und ist plötzlich von der Bildfläche verschwunden. Zuerst waren wir richtig erschrocken, haben aber schnell gelernt, dass sie es nicht lange aushält, von uns getrennt zu sein, und wieder aus dem Gebüsch gewackelt kommt. Dann streicheln wir sie sanft. So ein liebes Tier.

Ich muss Richard wirklich loben für seinen Einfall, Luischen als Weihnachtsgeschenk einen Besuch in ihrem Heimatort zu bescheren. Unsere Pensionswirtin vom letzten Jahr zeigt sich hocherfreut, als wir uns über die Feiertage telefonisch bei ihr ansagen, und verspricht, es uns richtig gemütlich zu machen. Sie fragt auch nach Luischen, die selbstverständlich ebenfalls ein willkommener Gast sei. Auf dem Hof gebe es einen nicht mehr benutzten kleinen Entenstall. «Wir werden sehen», sagt Richard ausweichend. Luischen ist schließlich ein Familienmitglied, und simple Ställe kommen nicht mehr in Frage.

Die Fahrt verläuft reibungslos, das Wetter ist günstig, nur leichter Frost und Sonnenschein. Die Wirtin hat sich Mühe gegeben, alles weihnachtlich herzurichten. Im Aufenthaltsraum, in dem bereits einige andere Gäste sitzen, brennt ein Kaminfeuer, und die Kerzen an dem kleinen Weihnachtsbaum sind angezündet. Unser Zimmer riecht angenehm nach Tannengrün, und ein mit Schokoladenkringeln, Marzipankartoffeln, Nüssen und Äpfeln gefüllter Weihnachtsteller steht bereit. Nach einigem Hin und Her und unserer mehrfachen Beteuerung, dass Luischen nichts schmutzig macht, erreichen wir, dass sie auch nachts bei uns bleiben darf. Luischen ist eine saubere Ente geworden, die es mit einem stubenreinen Hund durchaus aufnehmen kann und in der Regel das für sie angeschaffte Katzenklo benutzt. Sie ist so ermattet von dem Ortswechsel, dass sie nach kurzem Plantschen im Duschbad sofort in ihr Körbchen geht, den Kopf in die Federn steckt und einschläft.

Beim Frühstück finden die übrigen Gäste Luischen reizend, bis auf eine schon recht betagte Dame, die dauernd ruft: «Weg mit dem

Vieh! So was gehört in den Kochtopf!», weil sie fast über die Ente gestolpert ist. Dann machen wir uns auf den Weg zu der Stelle, an der wir Luischen gefunden haben, einem langen, breiten Graben. Entengrütze gibt es zu dieser Jahreszeit leider nicht mehr, und auf dem Wasser hat sich eine leichte Eisschicht gebildet, die sie jedoch nicht hindert, sich ins Wasser gleiten zu lassen, wo sie vergnügt taucht und herumschwimmt und uns mit kleinen Lockrufen auffordert, ihr dabei Gesellschaft zu leisten.

Doch wie es so schön heißt, das Unglück schreitet schnell. Auf der Uferböschung erscheint plötzlich ein Bobtail, der sich laut bellend ins Wasser und auf Luischen stürzt. Hinter ihm keucht ein «Leo, Leo!» rufender, kugelförmiger Mann her, nicht gerade ein Zwerg, aber doch recht klein. Wir schreien auf, doch Leo hat Luischen längst erreicht, und wir schließen entsetzt die Augen. Als wir sie wieder öffnen, atmen wir erleichtert auf. Während Luischen fröhlich weitertaucht, umschwimmt sie der Hund mit großem Geplantsche und stupst sie nur sanft, wenn sie wieder nach oben kommt. Auch sein Herr ist sichtlich erleichtert. Er hat uns inzwischen erreicht, sich vorgestellt, und wir kommen ins Gespräch. Mit einem Blick kann man sehen, dass Herr Riemann zur Upperclass gehört, wie die Moderatorin im Fernsehen die Reichen und Schönen nennt. Die Upperclass, sagt Richard immer, sind genau solche Idioten wie wir, nur meistens am Jammern. Und dann kommt er mir wieder mit dem Glück im Winkel und summt: «Was frag ich viel nach Geld und Gut, wenn ich zufrieden bin.» Alles schön und gut, aber Herr Riemann wohnt natürlich in dem Fünf-Sterne-Hotel am Rand des Ortes, wo es selbstverständlich einen Wellnessbereich, einen Kosmetiksalon und allerhand anderen Luxus gibt, was mir wieder einen schnell unterdrückten Seufzer entlockt. Es hat ihn rein zufällig in unsere Gegend verschlagen. Er ist einem endlosen Stau ausgewichen und hat sich dabei in diesen Ort verirrt. Das Hotel hat ihm gefallen, und so ist er auf die Idee gekommen, weg von allem Stress die Weihnachtstage dort zu verbringen.

Inzwischen sind Hund und Ente wieder an Land gekommen, Luischen, wie es sich gehört, voran, der Hund hinterher. Es ist gleich zu sehen, wie Richard lachend bemerkt, wer von den beiden die Hosen anhat. Dann sind wir erst einmal damit beschäftigt, unsere Tiere etwas trocken zu rubbeln. Beim Abschied weigert sich Leo entschieden, Herrn Riemann zu folgen. Er kann sich anscheinend von seiner neuen Spielgefährtin nicht trennen, bellt angeberisch, wirft sich vor ihr auf den Boden und bringt sie mit seiner großen Tatze aus dem Gleichgewicht. Herr Riemann wird energisch, aber es ist schwer zu unterscheiden, wer an wem zerrt, und so dauert es seine Zeit, bis er ihn in seinem Auto verstaut hat. Auch wir machen uns auf den Heimweg, stopfen Luischen in die Tragetasche und gehen in die Pension zurück.

Leider herrscht am nächsten Tag, wie so oft an der See, ein Wetter, das die Fernsehmoderatoren im Sommer gern neckisch als «Dauereinsatz für die Scheibenwischer» ankündigen. Es regnet. Enttäuscht blicken wir in den Himmel, wo sich immer neue Regenwolken bilden. Als wir noch am Überlegen sind, ob wir angesichts dieses Wetters mit Luischen noch einmal zu dem Graben marschieren sollen, klingelt das Telefon, und Herr Riemann fragt, ob wir nicht Lust hätten, nach einem kleinen Diner den Heiligabend in seiner Suite zu verbringen, inklusive Luischen natürlich, bei deren Namen, so sagt er, sein Leo schon erwartungsvoll die Ohren spitzt. Wir zögern nicht lange und sagen zu. Ich ziehe meinen Trachtenrock mit der Trachtenbluse an und Richard seinen dunklen Anzug. Luischen schmücken wir mit einem roten Band.

Es wird ein bemerkenswerter Abend. Nicht, dass uns dieser Luxusschuppen besonders beeindruckt. Da kennen wir aus dem Fernsehen wesentlich bessere Hotels. Auch das Essen ist nicht überdurchschnittlich – nun gut, die Vorspeise, glasierte Wachtelbrust auf Salatspitzen, ist ja nicht schlecht und der Nachtisch recht lecker. Aber wie die Kellner in dem nur mäßig besetzten Speisesaal um uns herumschwänzeln, das gefällt uns schon besser. Auch die Suite von Herrn Riemann, den wir inzwischen Horst nennen, ist recht ordentlich, vor allem das große Badezimmer, in dem sich Luischen vielfältig spiegeln kann, so dass sie ganz verwirrt von einem Konterfei zum andern wandelt. Auch hat sich das Hotel alle Mühe gegeben, die Suite weihnachtlich herzurichten. Doch das liebevolle Arrangement von Tannenzweigen, Kerzen, kunstvoll geschmückten Weihnachtsbäumchen, Christsternen und Windlichtern gerät dauernd durch

Leos freudiges Herumspringen in Gefahr, und auch Luischen vergisst ihre gute Erziehung und bekleckert das kleine Sofa, auf das wir sie gesetzt haben, ebenso wie die sandfarbene Auslegware, was uns natürlich sehr peinlich ist. Doch Horst beruhigt uns. Darüber sollten wir uns keine Gedanken machen, das sei alles im Preis inklusive. Und Richard murmelt: «Geld regiert die Welt.» Leider wird es dann mehr ein feuchtfröhlicher als ein besinnlicher Abend, der irgendwie kein Ende finden will. Luischen hat es sich längst zwischen Leos Pfoten bequem gemacht und schläft fest, und auch der Bobtail gibt ein gewaltiges Schnarchen von sich, da sind wir in Horsts Biographie gerade erst bei seiner ersten Frau angekommen, und drei Ehen erwarten uns noch. Erst weit nach Mitternacht können wir uns verabschieden, denn Horst hat angefangen, von Leochen zu sprechen, dem einzigen Geschöpf, das sich seiner Liebe wert zeigt, und nun noch das entzückende Luischen, das sein Leo so ins Herz geschlossen hat. Ach ja, man müsste wohl mal an Gesellschaft für das liebe Tier denken.

Das Ganze liegt nun ein Jahr zurück. In diesem Jahr feiern wir das Weihnachtsfest wieder zu Haus. Unser Glück im Winkel ist doch der passendere Ort, wie wir festgestellt haben. Unser Weihnachtsgeschenk haben wir uns schon vor einigen Monaten gegönnt, den Breitwandfernseher. Das ganze Haus beneidet uns um ihn. Nun können wir endlich die Reichen und die Schönen in ihren Schlössern, Parks und Flugzeugen, auf ihren Golfplätzen und Schiffen so richtig genießen. Und wem verdanken wir diesen wunderbaren Luxus? Unserem geliebten Luischen. Denn, wie der Dichter sagt, Liebe ist mehr als ein Wort. Horst war nicht kleinlich, er hat sich Luischen etwas kosten lassen. Und mal Hand aufs Herz: Welcher Wildente wird so ein tolles Leben geboten, mit eigenem Swimmingpool, eigenem Stall, eigenem Gelände, in dem sie nach Lust und Laune herumrennen kann, und einem edlen, sie vor allem Bösen beschützenden Hund.

Obwohl wir nun fast keine dieser Sendungen verpassen und uns das riesige Bild unseres Fernsehers das Gefühl gibt, mitten unter all den wundervollen Menschen zu weilen, ist uns Horst noch nie zu Gesicht gekommen. Dabei gehört er doch auch zur Upperclass, und die Bilder, die er uns von seinen Besitzungen gezeigt hatte, waren wirklich imponierend. Doch manchmal, wenn die Kamera über all diese herrlichen Anlagen schwenkt, kommt es uns vor, als hörten wir Luischen sehnsüchtig schnattern. Dann kriege ich ein ganz mulmiges Gefühl, und mir fällt, ich weiß nicht warum, die Babyklappe in unserer Stadt ein. Aber Richard sagt, wie jedes Mal: «Ich kenne keinen, der zu einem solchen Opfer fähig ist wie wir. Wir haben es aus Liebe getan.»

«Ja», sage ich bestätigend. «Aus reiner Liebe.»

Und von der Breitwand wirft uns ein geschnitztes Jesuskind auf dem Arm seiner Mutter einen wissenden Blick zu.